Sie nannten ihn „Fuzzy"

Wenn Kinder
MissHandelt
Werden

Erzählung
von
W.E.Schorat

ISBN-978-3-932209-11-6

München 21.10.85

Diese Geschichte die ich euch hier erzählen werde, ist keine Geschichte, es ist die Wahrheit, und auch Geschichte, bloß aus der Vergangenheit heraus geschrieben. Was sich dort abgespielt hatte ist aber tatsächlich passiert.
Sie ist mir passiert.
Jetzt da ich 37 bin, und vor einigen Wochen auf einmal, wieder daran erinnert wurde, ganz einfach so, also 27 Jahre später, erschien das Gedächtnis ins Bewusstsein, ist der Abstand doch lang genug, das war mein Resümee zu dieser Sache.
Weiter nichts.

Doch dann fing an, sich ein überlegen einzumischen, weil, möglicherweise als Lebenserfahrung, sich da doch wohl etwas in mein Verhalten eingeschlichen haben könnte. Ich fragte mich wie ist mein Verhältnis zum Mitmenschen.

Gestört oder harmonisch.

Die Antwort erscheint dann in Teil Zwei dieses Manuskripts.

Teil Zwei ist Fiktion.

Jedoch hat Teil Eins mich mitgeformt.

also,

bis dann.

Wolfgang Schorat

Ich lebte damals in Heiligenhaus natürlich in einer Familie..Wir lebten in der Nonnenbrucherstrasse 20 seit 1955 und nun ist's 1958.. 80 Quadratmeter zwei Erwachsene und drei Kinder.. Manchmal vermieteten meine Eltern sogar ihr Schlafzimmer. Meine Familie, Eltern, war eine Wohlstandsarme Familie eine Geldarme Familie. Als Kind war einem das unwichtig denn das Leben in der Familie war für mich sowieso unwichtig denn da draußen außerhalb der Stadt da waren die Felder die Wälder. Sage ich mal so lapidar dahingeschrieben, in Bezug zur Familie.

Damals war die Nonnenbrucherstrasse und einige anderen Strassen im Nonnen- Bruch das einzige an dieser neuen Siedlung - die Flüchtlinge lebten alle dort.

Hundert Meter weiter von der Strasse fingen schon die Felder an. Da standen die Weizengarben zusammengestellt zum aufpacken auf die Getreidewagen.

Interesse hatte ich zu der Zeit an der Schule so gut wie keine.Aber das Lernen ging leicht und ich war mit Freude dabei.
Die Lehrerin Frau Wartemann schrieb aber unter mein Zeugnis „Wolfgang steigt."
Verhalten in der Schule hatte sie als „Gut" bezeichnet.
„Häuslicher Fleiß" wurde mit „befriedigend" bezeichnet.
„Beteiligung am Unterricht" wurde mit „nicht gleichmäßig rege" bezeichnet. „Schulbesuch" Regelmäßig Religionslehre befriedigend, Deutsch befriedigend schriftlicher Ausdruck ausreichend. Heimatkunde befriedigend. Rechnen befriedigend. Musik befriedigend. Zeichnen Werken befriedigend. Leibesübungen gut. Schrift ausreichend.

So war mein Zeugnis damals.

Ein Jahr zuvor hatten wir dann den Rektor Steinbacher als Lehrer bekommen. Steinbacher legte absoluten Wert auf „Schönschrift".

Wer schön schreiben konnte bekam in allem anderen „Gute Noten".

Natürlich war man nun als Schüler aufgeschmissen. Bei dieser Lehrerin kam's auf einmal nicht mehr auf „Schönschrift" an.

Rektor Steinbacher war wohl der idiotensicherste Lehrer den ich „Je" gehabt hatte.

Das Gefummel mit den Vorlieben der Lehrer ging einem als Kind schon auf die Nerven. Lehrer entwickelten sich durch ihre eigene Person zu unbeliebsamen Menschen. Man fing an auf ihren Köpfen herumzutanzen.
Das Gerede interessierte einen nicht sondern die Lebensqualität unter den MitSchülern war viel wichtiger.

Ich war von dieser Zeit an mehrere Jahre Klassensprecher. Klassen - Sprecherin war Ursel Küster. Eine der besten in der Klasse doch provinzial geblieben.

Wir spielten auf dem Schulhof viel zusammen. Sie und Erika Teichmann, die mir sehr gut gefiel da sie rundere Formen hatte und lieblicher aussah, wir spielten kriegen oder fangen. Doktorspiele hatten wir nicht zusammen da wir uns nur in der Schule sahen und die beiden nicht in der Umgebung von mir wohnten.

Zu den Klassenkameraden gehörte Erwin Lies. Klaus Westphal. Wolfgang Behmenburg. Erhard Wetzel. Friedhelm Behmenburg. Die Behmenburgs und Küsters waren alte Heiligenhauser Familien. Ebenso Klaus Orb.

Helmut Vavers dagegen war sogar „Staatenlos". Und Helmut Seel der war der wildeste von allen. Nein Hermann Seel hieß er.
Hermann Seel schlug einmal unseren Klassenlehrer Witt den wir im nächsten Jahr bekommen sollten ins Gesicht nachdem Lehrer Witt ihm eine ins Gesicht gehauen hatte. Natürlich war er der „Held" der nächsten Wochen. Und Lehrer Witt war damit auf sein Verhalten reduziert worden. Das „echte göttliche" kam dort in Hermann Seel durch, flink, spontan, und Angstlos.

Und auch Ich wurde von diesem Lehrer Witt ins Gesicht geschlagen, weil ich mich weigerte Schillers Glocke auswendig zu lernen. Dieser Schlag ins Gesicht würde mich Jahrzehnte verfolgen, bis zu den Fantasien: So, jetzt ist die UhrZeit so weit fortgetickt, das Lehrer Witt Alt ist und Ich in meiner physischen Stärke. Nun werde ich zu ihm gehen und ihm den Schlag ins Gesicht, ein Geschenk das ich nie verlangt hatte, zurückschenken.

Als Klassensprecher hatte ich den Zugang zum Schlüssel für den Biologieraum. Zuvor, als wir Steinbacher den Idiotenrektor hatten, schlichen sich manchmal drei vier aus der Klasse ohne das er es merkte - der schaute nie auf, er gab uns eine Stunde lang etwas zum abschreiben auf, in welcher er dann seine Bücher las.

Wir drei oder vier gingen dann in den ersten „Selbstbedienungsladen" direkt in der Nähe der Schule auf der Hauptstrasse und kauften eine Stange Kaugummi - kamen aber mit einer Dose Würstchen wieder raus, die wir dann im Biologieraum aufwärmten und aßen.

Als Kind wusste man schon wenn es wirklich um etwas ging in der Schule oder wenn es nur das Leiden der Lehrer war.

Mädchen interessierten uns mehr.

Johannes Bellwied, auch eine Heiligenhauser Familie, war der einzige Bauernsohn in unserer Klasse. Mit Johannes kam ich gut klar. Mir gefiel es sehr gut auf dem Hof da draußen zwischen den Feldern.

Das Leben in dieser Kleinstadt hatte mich nie interessiert. Bloß Häuser Strassen Teer und Beton. Alles viel zu Öde zu unbelebt viel zu unnatürlich diese Enge der Bewegungsfreiheit.

Heiligenhaus hatte damals ungefähr 18000 Einwohner. Von der Stadtschule musste ich dann auf dem Südring gehen um zurück zur Wohnung zu kommen. Direkt vom Südring geht die Nonnenbrucherstrasse zuerst ziemlich steil herunter und war damals links und rechts mit den schönsten Kastanienbäumen verziert. Dort wohnte auch der „dicke Gräbe" dem ich einmal meine „silberne Pistole" die ich zu Weihnachten bekommen hatte geliehen hatte .Die sah ich nie wieder.Es gab sehr urige Menschen in Heiligenhaus. Der „Gräbe" war einer.Aber er war immer freundlich.

Unten am Ende der steilen Nonnenbrucherstrasse hörten dann die Kastanienbäume auf und man hatte einige Felder als Bauland bebaut. Da standen dann die Billigbauten der Gagfah. Alles für die Flüchtlinge. Tausende sollten noch kommen. Danziger Strasse, Breslauerstrasse Königsbergerstrasse Leipzigerstrasse und so weiter.

Ich war damals verliebt in eine blonde Fee die Rita. Sie wohne am Südring und war eine Klasse weiter als ich. Sie war wunderschön. Hatte natürliches blondes Haar und meines war noch Silbrigweißblond. Ich himmelte sie an. Manchmal ging ich Abends insbesondere im Herbst wenn es früher dunkel war zum Haus am Südring und schaute zu ihrem Fenster auf. Dort wohnte sie die geliebte Fee. Ich hatte nie mit ihr irgendwelchen nennenswerten Kontakt. Meine ekstatische Liebe war so stark das ich ganz in den Hintergrund schmolz. Ich konnte sie eben nur anhimmeln. Das wusste sie und wenn sie zurücklächelte war ich einfach fantastisch glücklich. Sie hatte langes blondes Haar.

Naja zuhause war's mir damals schon zu eng.

Auch durchschaute man als Kind schnell das es mit der Familie dem Familienleben nicht das war wie man selbst war. Da waren zu viele Reibereien innerhalb der Verwandtschaft das machte mich sehr hellhörig und schon damals war das Familienleben für mich eine Farce. Freiheit da draußen das war das echte Leben für mich.

Wir spielten viel Fußball. Sehr oft wurden dann auch Straßenspiele gemacht. Die Nonnenbrucher gegen die Danziger Straße. Es wurde hart gekämpft. Das machte Laune. Die Energie muss fließen und das tat sie auch auf alle erdenklichen Möglichkeiten.

Mein Vater war ein Schlosser bei der Firma Glittenberg. Wie der bloß so lange in solchen Firmen klargekommen ist ? Glittenberg war damals noch in Velbert. Später fuhr er dann nach Krefeld um in einem Röhrenwerk zu arbeiten direkt am Rhein. Dort wurden Stahlrohre produziert. Jahrzehntelang das Getöse der Stahlrohre - Wahnsinn.

Bei uns in der Familie wurde dann noch ein Kind geboren. Und tatsächlich als ich schon 17 war noch eines. Das war mir dann endgültig zu viel. Ich kam mir vor als ob ich da ersticke.

Nun als 10 jähriger war man wach und hörte sehr viel.
Bei den Eltern waren Abends die Freunde die bekannten. Dann wurde getrunken und die Erwachsenen feierten. Es wurde viel vom Krieg geredet und man bekam mit wie schlimm es gewesen sein soll. Auch Sex wurde oft erwähnt in ihren Gesprächen. Die Kunst des Lästerns über andere wurde mitgehört. All das gefiel mir gar nicht sonderlich doch beim Sex wurden die Ohren viermal so lang.

Meine beiden Geschwister Brigitte 4 Jahre jünger und Marlies 5 Jahre jünger, schliefen im gleichen Zimmer wie ich. Brigitte war wild frei und vieles passte ihr nicht. Sie Nörgelte viel und heulte aber auch oft wenn man ihr die Haare kämmte, und sie hatte sehr schönes langes Haar. Die Marlies eine dünne, von der Welt um sie herum schon mehr als erstaunt aussehende, war die sensibelste von uns dreien. Sie weinte oft beim Sonntagsessen wenn die Familie zusammen saß. Mein Vater bestand darauf dass sie ihren Teller leer aß. Das war schlimm und er bekam Wutanfälle. Die Schorats sind von der Wut geplagt. Das sah man als Kind sofort.Und diese Wut wurde natürlich dann auch auf die Kinder übertragen und zwar durch Schläge. Der Bruder meines Vaters hatte mich mal als wir noch in Hennstedt lebten in einem Wutanfall ins Gesicht geschlagen so dass ich einen blutigen Mund hatte.So wird durch Gewalt die Gewalt auf andere Menschen übertragen und zwar überträgt man den Astralkörper in den Körper des Opfers also mich damals.Das ist Besessenheit. Und was bedeutet das nun für denjenigen der geschlagen wurde. Es bedeutet das ich diese Wut in mein System übertragen bekam und diese Wut als der Astralkörper meines Onkels sich durch mein Schönheitssein Freiraum schaffte und ich ein Wutverhalten Kampfverhalten in mir mit mir trug. Nach ca.17-18 Jahren als ich in Berlin in der Holsteinischen Straße lebte und in der Küche am kochen war,fiel plötzlich dieser Astralkörper meines Onkels Werner der Bruder meines Vaters der 8 Jahre älter war als ich „Aus Mir heraus".Ich sah wie der Werner aus meinem System herauskam als Astralkörper. Also eine identische Kopie seines physischen Körpers und ich war sofort von einer großen Belastung befreit spürte ich, auf meinem Weg zu mir selber. Und so , wird durch Gewalt auch durch Kriege der Astralkörper der Sieger auf die Verlierer übertragen und sie werden nicht sie selber sein können sondern sind immer mit der Einflussnahme durch Gewalt, Kriege, Schläge,Missbrauch, Fehlgeleitet durch die Energetische Übertragung auf die Verlierer. So werden ganze Nationen entfremdet und überfremdet und Missbraucht. Deswegen ist Friede und Liebe deinen Nächsten das Höchste Gebot, die Höchste Form des Seins, weil nämlich dadurch der Gottgegebene Freie Wille Frei bleibt, was unverzichtbar ist für saubere Ent-Wicklung und nicht Ver-Wicklung. Sonst entstehen Roboter und keine Liebe.

Die Marlies war das Aschenbrödel der Familie. Sie ging auch mit ihren Füßen etwas watschelig nach innen, als ob sich die Zehen berühren sollten. Oft beim Spazieren stolperte sie über ihre eigenen Beine oder sie lief gegen einen Laternenposten. Sie war ziemlich verträumt. Jeder wächst aber auf seine eigene Art einer schnell andere langsam und verträumt.

Mit den beiden Geschwistern kam ich gut klar. Wir hatten ein nettes Leben zusammen. Wenn meine Eltern weg waren schmolzen wir uns Zucker in der Pfanne und machten uns „Klümpchen". Geld für Taschengeld oder so was hatte es zu unserer Zeit nie gegeben.

Geld - was war das überhaupt - Geld war mir völlig fremd.

Ich war dazu auserkoren, da ich ja der älteste war immer Einkaufen zu gehen. Und zwar auf „Pump". Anschreiben. Bis der Wochenlohn wieder kam. Die Frau Zepner am Ende der Nonnenbrucherstrasse hatte einen kleinen Lebensmittelladen. Dort war ich dann sicherlich als derjenige bekannt der immer auf „Pump" einkauft.
Meine Mutter sah dünn und abgearbeitet aus. Trotzdem pfiff Sie noch bei der Arbeit. Das sollte später aber aufhören. Das Leben war mit seinen Vorstellungen wie auch immer einfach sie waren zu „zäh" für sie geworden.

Unten im Keller baute ich mir dann meine Schwerter und Schild das Grün bepinselt wurde, wie Sigurd. Dass Schwert wurde geschnitzt.

So waren wir dann selbst mittelalterliche Schwertkämpfer und trugen unsere Schlachten aus. Das Fechten gehörte zu unseren speziellen Tätigkeiten. Wir bauten uns auch Flitzebogen und gingen auf Jagd. Hasen oder Tauben. Aber nie wurde was getroffen.

Aus Haselnuss Ästen die so schön gerade wuchsen und für Bögen gut geeignet waren wurden dann die Bögen geformt. Diese Bogenspiele diese Schwertspiele oder Pistolenspiele spielten sich in unmittelbarer Nähe des Wohnhauses ab. Ab und zu schlugen wir jemanden eine Beule oder hatten ein Loch am Kopf gehauen bekommen.

Am treffsichersten waren aber unsere „Flitschen", oder „Katapulte" genannt Mit Flitschen da hatten wir schon gefährlichere Waffen. Außerdem konnte man zur Firma Schlechtendahl gehen die ihre Stanzreste direkt in Behältern am Südring lagerte. Dort packten wir die Taschen voller kleiner runder Lochstanzreste und legte dann so eine Art „Schrot" ins Katapult. Da waren dann 10-20 Kugeln drin. Das war gefährlich.

Einmal bekam ich das auch zu spüren. Erhardt Wetzel, die beiden Behmenburgs, und Erwin Lies und Ich, waren beim Johannes Bellwied wieder mal auf dem Hof. Wir waren in der Strohscheune oben- ganz fantastisch da oben. Es hatten sich zwei Gruppen geformt und ohne die Köpfe über die Strohballenbarrikade zu heben beschossen wir uns mit diesen Blechkugeln. Dann passierte eine weile gar nichts. Ich heb dem Kopf hoch und in dem Moment schießt Friedhelm Behmenburg eine Ladung los. Und hier passierte etwas „wunderbares". Bevor die Blechkugel mein linkes Auge traf schloss sich noch das Augenlied und der Augenapfel wurde dadurch nicht beschädigt. Einfach fantastisch wie man sich so selbst rettete. Natürlich traf die Kugel mit voller Flitschenwucht und ich sah schwarz von dem Moment an.

Ich musste zum Augenarzt und trug eine zeitlang eine Augenbinde. Ich hatte „Glück" gehabt. Konnte nach zwei Wochen wieder Sehen. Doch meinen Eltern erzählte ich dass mir beim Waldspaziergang ein Ast ins Auge schlug.

Der Bauernhof von Bellwieds war für mich sowieso zum erleben, herumtoben, neues zu erkundschaften das höchste. Johannes Bellwied und ich trafen uns oft. Wenn die Zeit zum Kartoffelernten kam, dann kamen die Bauern, Bellwieds auch, schon mal in die Schule, wer dann Lust zum Kartoffel Sammeln hatte der bekam einige Stunden früher schulfrei.

70 Pfennig bekam man die Stunde. Es war einfach fantastisch dort draußen auf dem Kartoffelfeld zu sein. Man bekam einen Drahtkorb der Trecker wurde durch die Furchen gefahren - die Kartoffeln nach draußen geschleudert und schon ging das Sammeln los.

Keiner trieb dich an - außer wir selber - wir steigerten uns in die Höhepunkte des schnellsten Einsammelns. Einfach so, weil's Spaß machte. Die Erde war schön weich und formbar. Die Kartoffeln dufteten und man war immer guter Stimmung. Nachmittags gab's dann was zu Essen. Die Bauern hatten dann ihre Bauernschnitten und Kaffee gebracht. Das war auch was neues. Da schmeckte die Wurst anders. Das Brot auch. Und man saß da auf der dunklen Erde und freute sich.

Wenn die Sammelei ein Ende hatte blieben einige noch länger auf dem Feld. Wir machten dann ein Feuer um das Kartoffelkraut zu verbrennen und rösteten in der Glut dann die frischen Kartoffeln. Sie wurden dann mit einem Ast aus der Glut gestochert und mit einem anderen Ast abgeklopft oder die verkohlte Schale damit abgekratzt. Aber ein bisschen verkohlter Schale musste dran bleiben denn das schmeckte interessanter. Die Kartoffeln waren absolute Klasse.

Johannes Bellwied und ich, fuhren dann auch schon mit dem Trecker auf die Felder und pflügten sie. Genau so „eggten" wir sie. Wenn die Heuernte war, war ich oft auf dem Heuwagen und platzierte das mit der Heugabel hochgehobene Heu in Positionen. Der Duft des Heus brachte Schönheit. Da draußen zu sein auf einem alten Heuwagen mit runden aus Holzstämmen Seitenplanken und alten eisenbeschlagenen Holzrädern war einmalig. Manchmal zogen die zwei Pferde die sie noch hatten den Wagen. Hoch auf dem gelben Wagen traf dort für mich noch richtig zu.

An manchen schönen Tagen wenn wir uns mit gelben Stachelbeeren den Bauch vollgeschlemmert hatten gingen wir dann aufs Feld und legten uns gegen die Heuballen die um das Dreistangengerüst aufgebaut waren zum trocknen. Man lag einfach so da und tat gar nichts.

Das schlimmste am Bauernhof war der riesengroße Wachhund den sie hatten. Man wusste vorher nie ob er angekettet war oder ob er lose war. „Tell" war sein Name. Tell war schwarz Schäferhundartig und gefährlich. Größte Vorsicht aus meiner Sicht war geboten wenn man sich dem Bauernhof näherte. Einmal stand ich vorne am Eingang der Bauernhaus Tür, das noch ein altes Fachwerkhaus war, und wartete denn die Tür war um Mittags abgeschlossen und ich wollte nicht zu laut sein. Der Johannes war bestimmt in seinem Zimmer um Schularbeiten zu machen und die Mutter döste wohl - also stehe ich dort im Türrahmen - und dann kommt der Tell auf einmal um die Ecke – wenn Bellwieds schliefen dann war der Hund lose-verdammt er kam ganz ruhig auf mich zu – dann stand er vor mir und schnüffelte mich aus- und er muss wohl gespürt haben das ich Angst hatte, denn auf einmal biss er zu- und zwar in meinen Schuh. Er hätte genau so gut ins Bein beißen können. Aber nein, in den Schuh wo man gar nichts spürte. Sofort lief der Tell weg. Das war die einzige brenzlige Situation die ich mit ihm hatte. Ansonsten schlichen wir beide doch mehr oder weniger voneinander mit Abstand um den Bauernhof herum.

Als 10 Jähriger hatte ich nun eine neue Lederhose bekommen. Diese glänzenden dunkelgrünen. Sehr schöne Hose . Einmal gehe ich Mittags über den Hof und auf einmal wird der Ganter ganz böse auf mich und fängt an zu zischen und macht die anderen Gänse auch ganz wild und alle Gänse fangen an hinter mir herzurasen im Gänserasen. Also fange ich auch an wegzulaufen stolpere und reiße mir an der neuen Hose einen Knopf ab den linken der zum Trägerfestbinden war. Manchmal drehten die Gänse einfach durch.

Hinten auf dem Hof stand auch noch ein riesiger Schleifstein unmittelbar vor dem Küchenfenstern. Wir Kinder schliffen dort unsere Waffen. Oder manchmal spielten wir auch mit dem Schleifstein. Nun, dieser Schleifstein war aber über einen Meter im Durchmesser. Und 35 Zentimeter dick. Also ein schwerere Brocken. In der Mitte hatte man einen Griff angemacht, und er lag auf einem Gestell, so das man ihn mit dem Griff' in der Mitte drehen konnte. Den erst mal in Schwung bringen dauerte schon lange da er bestimmt mehrere Hundert Pfund

wog. Und wenn die in Schwung sind dann kann man längere Zeit schleifen ohne ihn zu drehen. Er dreht mit Eigenschwung. Natürlich war auch das eine Quelle der Gefahr. Nämlich an einem sonnigen Nachmittag - zu oft hatte seine Mutter uns schon von dem Schleifstein weg gejagt- sollten da einfach nicht mit spielen - hatten wir den Stein so richtig in Schwung gebracht – das war Laune sich da abzurackern bis der sich zehnfünfzehn Minuten selber drehte. Bloß,,, im vollsten Schwung verheddterte sich meine Hosenträger in dem Griff des Schleifsteins. Im „Nu" wurde ich als ob ich ein Stückchen Papier für den Stein wäre, von der Geschwindigkeit ergriffen und zweimal völlig hilflos durch die Luft und auf den Boden geschleudert.
Ziemlich lädiert sah ich aus als mich die Freunde doch noch schnell wegreißen konnten. Dieser Schleifstein in Schwung war extrem gefährlich. Die Sicheln wurden dort geschliffen und auch die Blätter für den Grasmäher.

Manchmal schlichen wir uns auch auf den Dachboden des Hauses. Da konnte man nicht so leicht hinkommen weil man da direkt ins Wohnhaus musste und sich ganz vorsichtig die Treppen hoch schleichen musste um an den Erwachsenen vorbeizukommen.

Der alte Boden-oben-einfach toll - voller Gerümpel – Webstühle - altes Pferdegeschirr alte Holzharken alte Stühle - Tontöpfe alte Kisten mit sehr alten Zeitschriften und Briefen und alte Briefmarken. Ganz alte Kleidung und so weiter und alles in diesem diffusen Licht. Aber von dort konnte man in den Hühnerstall sehen durch die Spalte in den Dielen. Viele Ratten hatten dort auch ihre Galadinner Plätze und Mäuse auch und natürlich die Hühner und wir wollten die Hühnereier haben. Erwin Lies war bei diesen Hühnerstallabenteuern dabei. Wir bauten uns also eine Strickleiter - brachen die Dachdielen offen die sowieso schon mehr offen als fest waren und mal der Johannes mal Ich oder der Erwin kletterten in den Hühnerstall in dem dann ab und zu die Hühner durchdrehten und wild gackerten aber wir bekamen immer frische Eier. Diese Eier die kochten wir uns dann hinterm Hof unter dem großen Holunderbusch in einer Konservendose und verspeisten sie schließlich. Dabei wurden wir niemals erwischt. Unsere Schleichkunst war perfekt.

Natürlich gab's auch zwei Knechte auf dem Hof. Einer war ein echterer Knecht in meinen Augen als der andere. Der Niklas so hieß er, der war verheiratet und wohnte in der Stadt Heiligenhaus. Er war mehr ein Landarbeiter. Aber der Paul, der sah schon etwas beschränkt aus, war kräftig gebaut und konnte nicht richtig Sprechen . Er wohnte auch bei den Bellwieds und hatte ein Zimmer im Haus das ich nie gesehen hatte.

Der Niklas war ein mieser alter dörrer Mensch, der uns Kinder immer vom Hof wegscheuchen wollte. Als ob ihm der Hof gehören würde - was aber die Bellwieds nie taten. Der alte Bellwied war immer freundlich und sprach vernünftig mit uns. Deswegen ärgerten wir den Niklas auch zur Weißglut. Öfter steckten wir ihm ein rohes Ei in seine Manteltasche den er anzog wenn seine Tagesarbeit zu Ende war und er mit dem Rad zurück nach Heiligenhaus fuhr. Natürlich fluchte er fürchterlich und schwor uns zu kriegen und uns mächtig zu verprügeln. Manchmal beschossen wir ihn auch mit der Flitsche oben vom Heuschober aus. Wir hatten uns mit Heuballen barrikadiert und kleine Löcher gelassen durch die wir schossen. So konnte er uns nicht sehen. Wenn er dann über den Hof ging schossen wir dann auf die Gänse die dann wild flatternd anfingen zu schreien und manchmal schossen wir dann auch auf ihn. Er wusste dann das wir es waren fluchte und schrie. Doch wenn dann die Frau Bellwied davon hörte wie er schrie, schrie sie ihn an er soll seinen Mund halten es ist Mittagsruhe. Und er trollte sich dann.

Ein anderes Mal, dies Mal war der Erhard Wetzel dabei, der in der gleichen Strasse wohnte wie ich, waren wir gerade dabei in der Milchkanne die Sahne mit der Schöpfkelle zu trinken. Das war auch immer gefährlich weil die unmittelbar neben der Küche war und man superleise sein musste den Kannendeckel abzuheben und überhaupt jeden Moment konnte einer aus der Küchen kommen. Als der Erhard gerade den Kelch zum Sahne trinken ansetzte, kamen die beiden Niklas und Paul aus der Küche. Sie hatten zu Ende gegessen - und Mensch, er ließ sofort alles fallen, und wir sprangen so schnell hoch das ich mit den Kopf gegen einen der Deckenbalken donnerte aber trotzdem weiterlief. Und sie folgten uns nun – sehr, sehr Wütend. Wir drei liefen dann vorne heraus zum Hinterhof dort den Humushang hinunter ins Tal hinein in der die Quelle war wovon die Bellwieds ihr Trinkwasser hatten und wieder den Hang hinauf. Natürlich waren wir viel schneller als die beiden. Wir standen schon oben auf der anderen Seite des Hangs als die beiden uns gegenüberstanden aber erst am Humushang direkt hinterm Hof dort wo der schöne Birnenbaum steht. Wir waren also sicher. Aber die beiden waren diesmal extrem wütend. Dann rief der Paul herüber: „Wisst ihr was, wir kriegen euch diesmal, der Niklas läuft dort lang und ich laufe dort lang und dann haben wir euch. Das sagte er. Und in dem Moment rief ich : „Und wir laufen dann dort lang". Nichts anderes sagte ich. Also war der Paul blöde. In dem Moment brach im Paul eine immense Wut los. Er hätte sich am liebsten selbst umgebracht, so sah er aus. Wir drei lachten uns die Bäuche krumm. Mensch war der blöde.

Natürlich mussten wir jetzt einige Tage besonders vorsichtig sein. Denn solche Menschen die solche Wut haben die killen einen in dem Zustand. Das wussten wir auch schon.

Der Paul war auch derjenige der die Schwerstarbeit machen musste. Er pflügte noch manchmal mit den Pferden. Das war schwere Muskelarbeit. Der Pferdestall war sowieso ein Wunder. Das Schnaufen der Pferde. Ihr waches Interesse wenn wir hinein in den Stall kamen.. Wie sie die Ohren zum hören anhoben, und uns ganz genau anschauten. Und der Geruch der Pferde. Wie sie im Winter dampften.

Ab und zu nahmen wir die Pferdebürsten und striegelten sie. Das gefiel ihnen. Und überhaupt das ganze Pferdegeschirr. Man lernte wie man dem Pferd das Geschirr anlegte und ihm den Mundknebel gab. Das wollten sie nicht so gerne. Wer will auch schon einen Knebel im Mund haben. Totale Tierliebe und Schutz hat höchste Priorität um vom RaubTierMensch zum Mensch zu werden.

Überall hingen dicke Seilbündel an der Wand. Die Wände waren mit Kalk geweißt. Jedes Pferd hatte sein eigenen Halsring an dem die Pflug oder Wagenleine befestigt wurden. Das Ding alleine schon wog mehr als ich.

Pferde waren Power. Und sie hatten immense Pimmel. Wir staunten immer was die für Prengel hatten. Aber die Pferde waren unsere Freunde. Das merkten die auch. Wir brachten ihnen Möhren oder Brot mit oder auch mal eine Runkelrübe. Wir misteten auch deren Stall aus. Natürlich sahen das die Bellwieds gerne wenn wir direkte Bauernarbeit machten anstatt nur herumzutoben. Man machte den Pferden dann ihre Wohnung. Legte ihnen frisches Stroh in die Boxen die nur durch Holzbohlen abgeteilt waren. So die Pferde konnten sich immer sehen und berühren. Gaben ihnen ihr Kraftfutter oder brachten sie zur Wiese was ihnen am besten gefiel.

Und überall im Stall waren Schwalbennester mit Schwalben. Tausende von Fliegen für die Schwalben waren ja da. Alles Rauchschwalben. Der Pferdestall wer mehr in der Nähe zur Küche die groß gekachelt und voller Fenster war mit einem riesigen Ofen auf dem immer was leckeres stand. Meine Schulferien verbrachte ich fast ausschließlich dort. Ich wusste sowieso nichts von Geld und hinfahren tat keiner aus der Familie irgendwo -in Urlaub oder Hotels. Das gab's nicht.

Einmal Nachmittags, als es ruhig auf dem Hof war schlich ich wieder im warmen Sonnenlicht am Schleifstein vorbei um mal in die Wohnstube zu schauen die war nämlich sehr interessant-interessanter als unsere einfache Stube. Da war viel drin. Alte Möbel viele Bilder Gläser Teppiche und als ich dann den Kopf vorsichtig hochhob um in die Stube zu schauen - denn manchmal saß der alte Bellwied direkt am Fenster und schrieb oder füllte etwas aus- sah ich auf der Fensterbank mehrere Geldscheine liegen. Mensch, so viel Geld hatte ich noch nie gesehen. Das war ein Vermögen. Kiloweise Klümpchen. Tausend Pfund Kaugummi. Doch irgendwas hielt mich davon ab das Geld zu nehmen- ich mochte die Bellwieds, diesen Hof – das war mein zu hause – und zu hause wird kein Geld gestohlen. Der alte Bellwied gefiel mir. Auch er schimpfe zwar mal mit uns, aber immer mit einem Zwinkern im Auge, das konnte man gut sehen. Der Johannes und ich wir machten aber auch viel echte Hofarbeit. Abends fütterten wir die Kühe. Ich warf die Runkeln in die Hexelmaschine und er trug sie in der Schubkarre zu den Kühen. Er wusste auch wie viel Kraftfutter sie bekamen. Den Schweinen gaben wir auch Futter. Wir setzten den Kühen die Milchmaschine an. Aber ab und zu wurde auch mit der Hand gemolken. Er zeigte mir wie es geht. Ist einfach ganz leicht. Man nimmt den Euter und drückt ihn erst einige male damit Milch in die Zitzen wandert dann wird gedrückt und kleinwenig nach unten gezogen und schon läufts. Er zeigte mir auch wie man Kälbern das Milchtrinken aus dem Eimer beibringt. Der Eimer wird halb mit frischer warmer Kuhmilch gefüllt. Dann steckt man seine Hand in die Milch und nimmt den mittleren Zeigefinger so wie ein Zeichen hoch und dann wird das Kalb mit dem Kopf zum Finger geführt. Einfach so die Milch trinken können die nicht die Zitzen sind ihr Fixierpunkt. Wenn das Kalb dann den Finger spürte fing es an zu Saugen, vorher nicht, obwohl der Mund Schon in der Milch war. Das fühlte sich interessant an. Das Kalb hat keine Zähne nur einen harten Gaumen, und hält jetzt deinen Finger für die Zitze. Nach vier fünf solchen Fingertricks trinkt das Kalb dann auch die Milch aus dem Eimer ohne den Finger Man fing an den Finger immer weniger zu geben.

Das Kälberfüttern war immer besonders schön. Im übrigen war in dem Kuh und Schweinestall ansonsten mächtiger Radau. Da waren gleich 15 Schwalbennester da waren die Schweine die sowieso immer grunzten oder quietschten. Das rasseln der Ketten von den Kühen. Und auch das Haus knarrte und quietschte andauernd. Alles bewegte sich da drin. Ab und zu hatte eine Henne ihr Ei im Heu gelegt und gackerte. Oder aber das flatschen wenn eine Kuh ihre Fladen schiss war zu hören.
Aber ab und zu hörte man auch entweder den Johannes oder mich losschreien - denn dann hatte wieder mal eine Kuh ihren Fuß auf unseren Fuß gestellt.

Kühe waren sowieso sehr angenehm. Die schauten einen immer mit ihren treuen ruhigen Augen an. Die waren total unaggressiv gaben Mich und waren der Friede selber. Was mir besonders gefiel war sich von einer Kuh die Hand lecken zu lassen. Das taten sie gerne und man konnte erkennen was die für eine Zunge haben. Die war ganz mit kleinen rauen Stacheln umgeben die konnten einem damit aber nicht die Haut abraspeln. Trotzdem, eine völlig andere Zunge wie die meinige.

Wir übten auch ab und zu den Trick mit der Milch aus dem Euter direkt in den Mund, das war Laune. Aber wehe wenn das die Mutter sah. Spielen darf man mit den Kühen und Milch nicht hieß es dann.

Wenn es regnete kletterten wir in den großen Heuscheunen herum. Dort konnte man oben im Gebälk herumbalancieren. Einfach fantastisch. Da war unsere Wohnung das reinste Gefängnis dagegen.

Was besonderes Spaß machte waren unsere Springmanöver. Wir suchten uns die tiefste Stelle aus und sprangen einfach ins Heu oder Stroh...Oder freier Fall und das sanfte Landen im duftenden Heu. Wenn wir Müde waren legten wir uns gleich dort hin und schliefen.
Wenn der Regen aufs Dach prasselte freuten wir uns in dieser gemütlichen Gegend zu sein.. Das Heu war mehr zum Wohnhaus hin aufgestaut und das Stroh mehr nach hinten - und zwischen der Scheune war denn das große breite Tooooooooor die Einfahrt und in ihr stand dann die alte Dreschmaschine die selbst ein verdammt schönes Wunder war, mit all ihren RiemenantriebsÜbertragungen - und der Geruch dieser Leder Bänder die mussten öfter eingewachst werden damit sie flexibel blieben - aber das tollste kommt noch - immer wenn man hungrig war kletterten wir aus dem Gebälk der Heuschober hinunter zum alten Maschinewunder nahmen uns einige Hände voll frischem Weizen – Mensch, schmeckte der fantastisch. Der Weizen lag meistens in kleinen Häufchen auf dem Boden - irgendwo war immer ein Loch aus dem er rieselte und einfach liegen blieb.
Aber wir durften auch selber Dreschen. Johannes kannte wie man die Dreschmaschine zu bedienen hatte - und ich warf ihm von oben dann die Weizen Garben zu - das war feine Arbeit.

Die Lederbänder schnalzten oft eine Art klatschendes Geräusch wenn sie aus einer Drehung die kreuzweise lief über die großen Laufrollen wieder gerade liefen. Dieses über kreuzweise - spannen der Lederbänder verhinderte das sie von den Laufrollen rutschten. Sie hielten sich so selber auf den Eisenrollen in Position. Die meist hölzerne Dreschmaschine knatterte und klapperte an allen Ecken, zischte und rattelte, pfiff quietschte und stöhnet. Mensch war die prima. Ihre Farbe war ein ausgewaschenes Rostbraun.

In ihr, lebten die Mäuse.
Das durchschneiden der Hanfbänder die die Weizengarbe zusammenhielt war auch sehr interessant - wenn die Garbe dann so auseinander fiel und dann nicht kopfüber mit den Ähren sondern Seitweise in die Öffnung der Maschine geführt wurde. Was da wohl alles drin war. Jedenfalls kam hinten der Weizen heraus und wurde gleich in die Säcke gefüllt..
Aber auch die Strohballen waren fertig gepackt..
Das Mäusebeobachten war auch eine der schönen Zeiten dort auf dem Hof. Am liebsten oben vom Dachboden in den Hühnerstall hinein Wie sie manchmal ganz rapide Bewegungen machten oder schnuppernd ihre Köpfe hebten und auf den Hinterfußen standen wenn irgendwas neu war..

Der Bauernhof war in L-Form gebaut im kleinen Balken des L war Familienhaus mit Kuh und Pferdestallungen und im großen Balken des L waren die Vorratsräume Heu und Strohschober. Daneben stand noch ein großes Gebäude indem die Kartoffeln und Trecker und andere Sachen waren. Werkzeuge. Und die Tauben hatten oben ihre Nester in den Gebäude-Stein- Nischen. Jedenfalls, direkt am Anfang vom großen L- Balken fing der Heuschober an. Dieser Heuschober war aber von unten ein offenes Gebäude. Dort passten die Heuwagen selber runter. Und über ihnen war der Heuschober der wie eine Art Brücke aussah da die Wagen ja drunter standen - jedenfalls von dort oben hatten wir einen totalen Überblick auf den Hof - man konnte gut im Heu liegen und faulenzen trotzdem den Hof überblicken. Von dort aus beschossen wir auch den Niklas.

Unten drunter neben den Heuwagen hatte aber auch Tell seine Hütte.Glücklicherweise war er meistens angekettet.
Was aber am interessantesten war, war dies. Man konnte auf die Heuwagen steigen wenn sie voll waren und lag dann unmittelbar bis einen Meter von der Decke des Heuschobers entfernt je nach Vollladung der Heuwagen. Und die Decke des Heuschobers war mit Latten und Balken die aber schon morsch und nicht die tragenden waren sondern nur Verkleidung - befestigt und aber auch mit Heu gefüllt. Dieses Heu hing nun in rundlichen Säckenformen von der Decke. Überall hingen diese Heutropfen herunter und in ihnen hatten

die Spatzen ihre Nester gebaut nicht nur 10 oder 50 nein Hunderte waren dort - und der alte Bellwied erzählte uns das er die Spatzen gerne weniger sehe da sie viel Weizen von den Feldern picken. Manchmal waren auch riesige Schwärme von Staren im Feld und freuten sich ihres Lebens.

Natürlich wenn die Heuwagen voll drunter der Decke standen kletterten wir dort gerne rauf um mal zu sehen was in den Nestern war. Alles was wir fanden wurde zerstört. Eier gegen die Wand geworfen. Ebenso die jungen Spatzen. Oftmals waren die Nester aber so tief in die Decke gelegt das man mit seinen Armen gar nicht tief genug reingreifen konnte. Einmal griff ich wieder tief hinein und plötzlich schoss eine große Ratte heraus. Sie lief auf meinem Arm entlang über meine Schulter und hinunter an meinem Körper um im Wagen zu verschwinden. Von dann an waren wir noch vorsichtiger denn von denen wollte man nicht gebissen werden. Das wusste man intuitiv da die Ratten die Pestüberträger waren, waren sie eine gefährlichere Tierart.

Was besonderen Spaß machte war das, wenn es abends wurde die Dämmerung kam die Vögel flogen zu ihren Nestern - und wir lagen schon auf dem Heuwagen unterm Heu versteckt. Dann wenn es richtig Dunkel war, krochen wir hervor und schlugen mit den Händen gegen die Heudecke. Die Vögel erschreckten sich und kamen noch mal heraus, flatterten herum und wir lagen indessen mit unserem Rücken auf dem Wagen und hielten unsere Hände aus und warteten bis sie sich dort raufsetzten da sie nicht unterscheiden konnten was das war. Und so fingen wir wieder Spatzen die dann auch umgebracht wurden. So geht Beeinflussung auf Kinder.Der Bauer wollte Spatzen gerne weniger haben und wir Kinder griffen das sofort auf.

Vogelnester ausnehmen gehörte zu den Spezialaufgaben von uns. Es waren bis auf einmal, immer nur Spatzen. Einmal nahmen wir auch ein Blaumeisennest aus. Vorne am Eingang ins Haupthaus war noch ein kleines etwas zerfallenes altes Fachwerkgebäude das mal ein Backhaus war, das jetzt unter Denkmalschutz steht, und am Ende des Hauses in dem rauen Mauergestein das schon bröckelte, hatten die Blaumeisen ihr Nest, neben dem Holunderbusch unter dem wir unsere Eier kochten.

Sieben junge nackte Blaumeisen landeten klatschen gegen diese Hauswand. Einfach so. Und weiter ging's.

Die Wiese direkt vor dem Haupthaus hatte direkt am Wieseneingangstor einen schönen kräftigen Sauerkirschenbaum. Es war klar dass wir auch in dem waren wenn die Zeit reif war wie die Kirschen. Natürlich durften wir uns nicht sehen lassen, wenn wir da im Sauerkirschbaum saßen. Aber wenn man sich ruhig verhielt konnte der Niklas direkt vorbeigehen und wir blieben unbemerkt. Die Kirschen kamen uns schon aus den Ohren, erst dann ließen wir uns ins Gras gleiten um dort am Hang zu liegen einfach nichts zu tun.

Und wenn wir Durst hatten dann gingen wir zurück um hinter dem Strohschober den Humusberg herunterzugehen am Birnenbaum vorbei und um unten im Wiesental aus der Quelle zu trinken die immer eiskalt war. Das Quellwasser lief als kleiner Bach weiter die Wiesen entlang bis hinunter zum Anfang vom Angertalwald. Das waren noch 1500 Meter. Entlang dem kleinen Bach wuchsen dann Vergissmeinnicht. Ab und zu brachte ich meiner Mutter einen Strauß mit. Die Vergissmeinnicht erfreuten mich. Sie leuchtete so schön waren so klein aber trotzdem so auffallend.

Neben dem Humusberg standen noch mehrere Obstbäume. Um die hatten wir uns eigentlich nie gekümmert.

Vor der Frau Bellwied brauchten wir keine Angst zu haben sie brauchte einen Gehstock, irgendwas mit ihren Beinen war nicht in Ordnung. Deshalb waren wir auch manchmal frecher zu ihr. Aber das war alles schnell vergessen und danach lachte man wieder.

Beim Johannes waren wir nicht sehr oft mit großen Gruppen der Klassenkameraden. Nie mehr als 6 bis 7. Weil dann zu viel Radau gemacht wurde und die verfolgten uns dann immer. Am besten war's wenn er und ich alleine waren oder noch einer dabei war. Meistens war ich allein mit ihm.

In größeren Gruppen stöberten wir dann aber über die Felder in Richtung Wülfrath natürlich nicht bis dorthin - nur bis zum höchsten Feld hin zum Granatenwäldchen von dort konnte man die Kalkwerke sehen. Aber da auf dem Feld lag massenhaft Munition herum. Und zwar MG – Munition. Der Bauer pflügte es jedes Jahr wieder zum Vorschein.

Natürlich war das erste Spitzenklasse. Wir suchten und fanden große Mengen MG – Munition – intakte - mit einem Stein schlugen wir dann die Spitzen heraus und ließen das Pulver in unsere Hände strömen. Wir wussten wie gefährlich die Sache war. Wir wollten nur die Spitzen die Kugel haben. Sie wurden dann poliert und mit ihnen machten wir uns für unsere Cowboyspiele einen Patronengürtel. Echte Kugeln Mensch, wir waren dann echte Cowboys.

Was wir im Frühjahr gerne machten war das Gras an den Wiesenrändern anzustecken abzufackel. Diesmal war der Behmenburgclan dabei Erhardt Wetzel Erwin Lies Johannes und ich. Bloß einmal traf der Wind das Feuer und entfachte einen Wiesenbrand der uns Angst einjagte. Huuuiii. Wir dachten etwas Schlimmes würde passieren wir konnten die Flammen nicht mehr kontrollieren, aber. Aber womit löschen? Also nehme ich meine damals neue Jacke aus Amerika eine Steppjacke von den Verwandten und schlug mit ihr die Flammen aus. Ich weiß nicht mehr was mit mir und der Jacke passiert ist. Bestimmt nichts Gutes.

Die Jacke sah schlimm aus. Und wir verschwanden gehetzt von dem Feuer zurück nach Heiligenhaus.

Andere waren im Granatenwäldchen und auf den Feldern nicht so vorsichtig wie wir. Dieter Giesau hatte Pech oder Unglück. Er war so dumm und warf mit anderen Klassenfreunden zusammen, die gefundenen Granaten und Munition ins Feuer und lief dann weg um sich das Feuerwerk anzuschauen.

Einige der Kinder waren danach Wochenlang im Krankenhaus Lungenschüsse Beinverletzungen Splitter im Kopf. Mensch waren die blöde.

Interessanterweise gehörten die auch nicht zur intelligenteren Sorte in der Klasse. Die mussten erst Erfahrungen machen. Anstatt zusammenhänge geistig zu erkennen mit Granaten und MG-Munition.

Im Winter gingen wir ab und zu mal ins Krähenwäldchen. Dort bauten Erwin Lies und Erhardt Wetzel und ich uns dann zwischen den tief eingeschneiten Tannen unter den Tannen einen Iglu aus Schnee und in ihm machten wir uns dann ein Feuerchen um den Speck den wir uns mit großer Mühe besorgt hatten auf Holzstücken zu stecken und zu rösten. Lecker.

Was auch sehr schön war, war im Sommer wenn das Getreide hoch stand dort hineinzugehen und sich ein Plätzchen zu machen wo man alleine war denn niemand kam dort hin. Außerdem gab es dort viele Käfer viele Mäusearten. Schmetterlinge flogen dort herum und landeten auf einem aber der Duft es duftete so schön im Gerste oder Weizenfeld.

Natürlich waren nicht nur immer Jungs dabei. Einige male waren auch Mädchen dabei.
Einmal, doller Tag, im Sommer gingen zwei andere Jungs mit, der Horst und der Eckhart, ich und die Ilona. Die Ilona war körperlich schon auf Busengröße gewachsen hatte rundere Formen. Wir gingen das Weizenfeld hoch das zum Heiligenhauser Gemeinschaftshaus führte. Am Feldrand fingen dann die Reichen ihre Häuser zu haben an, jedenfalls in unseren Augen waren die reich. Damals waren da noch keine Zäume gebaut der Garten ihrer Grundstücke ging fast bis zum Weizenfeld. Von dort oben sah man in Richtung Westen und Spätnachmittags war es dort besonders warm ruhig und schön. Es war zur Brombeerreifezeit. Wir gingen da hoch um uns an den Brombeeren aus deren Gärten zu laben. Natürlich konnten die uns von dort nicht sehen denn das Ende hatten sie richtig verwildern lassen. Jedenfalls diese Häuser hatten damit ein Dickicht aus Büschen Brombeersträuchern und Gras was eine natürliche Hecke dort bildete wachsen lassen. Und dort drin im Dickicht lagen wir dann zusammen aßen Brombeeren schauten zur Sonne ließen die Wärme auf uns wirken und waren sicher in dem Gebüsch..
Wohl auch deswegen zogen wir ihr die Hose aus. Zuerst hoben wir ihren Rock hoch. Sie ließ das alles ruhig mit sich machen. Wohl weil sie selbst wissen wollte was da kommt. Gesprochen wurde nicht. Nur das Interesse stieg gewaltig als sie da dann dort im Gras lag das schön Braun war Golden. Und so schauten wir uns ihre Möse an. Die hatte schon Haare und wir noch nicht. Sie war frühreif körperlich. Wir schauten uns ihre Möse immerzu an. Dann steckten wir ihr jeder

eine Brombeere in die Möse und schauten was weiter passiert. Aber nichts passierte. Und so lagen wir dann zusammen dort im Gebüsch staunten wie sie dort unten aussah und fühlten und wohl denn es war windstill warm sonnig - ja die Sonne fing an tief in den Horizont zu fallen.

Ilona war die Tochter von der Familie Daduda. Die Dadudas waren aus Kattowitz. Das war eine fleischlich korpulente Familie. Der Vater Herr Daduda war bei der Stadt beschäftigt als Ingenieur oder so. Ganz anders als unsere Familie die nicht so fleischlich war muskulös. Die Frau Daduda hatte eine typisch korpulente Figur die typische Rubensfigur bloß schlanker. Dementsprechend waren auch die Gespräche der Alten, denn die Dadudas waren Freunde mit meinen Eltern. Und abends trafen sie sich dann um zu trinken zu quatschen ihre Späßchen zu machen und natürlich über ihre Pimmel Mösen Brüste und dergleichen zu reden.

Als auch noch meine Eltern ihr Schlafzimmer vermietet hatten lebte einmal ein Herr Schlechtendahl der viel trank und rauchte und morgens schlimm hustete bei uns. Als er uns verließ starb er auch kurz darauf . Aber zu Dadudas Zeit lebte ein junges Ehepaar bei uns die Göhlers. Es war ja damals Wohnungsknappheit nach dem Krieg. Und der Heinz Göhler erzählte mir dann einmal als die Alten sich wieder ihre Frauengeschichten Männergeschichten hergaben, das ich, wenn ich so weit bin, mir zuerst die Muschi der Frau mal anschauen sollte und erst mal richtig schnüffeln sollte.

Wenn sie nach Fisch stinkt sollte ich die Finger von dem Mädchen lassen. Sozusagen Frühhygiene im Mösenschnüffeln.

Aber die erotische Ausstrahlung der Frau Daduda war nicht zu übersehen sie war Vollbusig und sah gesund aus. Angeblich sollte sie unheimlich gut und viel ficken. Was auch immer das war. Aber da klickte was in mir wenn ich nachts die Gespräche der Alten im Wohnzimmer und ich im Kinderzimmer liegend mit anhörte. So ab und zu ging ich zum nächsten Haus denn sie lebten direkt neben uns unten im Erdgeschoss und schaute durchs Schlüsselloch weil man gehört hatte dass sie in der Wohnung immer Nackt herum lief. Und tatsächlich sie hatte einen fantastischen Busen und sah sehr üppig aus. Ab uns zu war ich dann auch bei den Dadudas in der Wohnung, nicht so geordnet wie bei uns etwas schlampiger war's dort. Die Frau

Daduda lag lange im Bett und ließ sich von dem Sohn Andreas bedienen der ein Jahr älter war als ich.

Oft drückte sie ihren sensiblen Sohn an ihre dicken Brüste und einmal kriegte ich die Ahnung als ob sie was anderes wollte. Da lief was anderes in der Wohnung Ich merkte das, da war eine Art von Erregung die mich interessierte.

Meine Augen und Ohren waren dort immer viermal so groß wie sonst.

Die Ilona hatte auch eine sexuelle Ausstrahlung auf mich die mich neugierig machte. Die war aber irgendwie blöde. Das merkte man schon. Die Frau Daduda kam manchmal in das Kinderzimmer wenn wir dort spielten, hatte ihren Morgenmantel nur so übergelegt und wenn sie sich nach unten beugte fielen ihre Brüste hervor und wir mussten alle grinsen. Sie auch. Sie merkte das Interesse von uns.

Manchmal war sie auch morgens noch angetrunken laberte vor sich her schimpfte auf die Tochter die ihr nichts zum essen machen wollte. Und Andreas und ich machten ihr etwas. Wenn wir ihr dann das Mittagsfrühstück brachten lag sie im Bett ihr dunkles volles Haar auf dem weißen Kissen ihre vollen Lippen und ihr etwas polnischer Akzent mit ihren prallen Brüsten machte solch einen sinnlichen Eindruck auf mich dass ich einen Ständer bekam. Aha, da regte sich was. Das merkte sie. Manchmal strich sie mir dann über die Hose und drückte mich an sie. Mensch war die weich, warm und duftete die anders. Natürlich behält man so was für sich.

Ab und zu kam ihr ältester Sohn der ihr besonders gut gefiel der Hans der war schon verheiratet. Er war unwahrscheinlich muskulös gebaut was ihr imponierte. Und unter den Alten ging das Gespräch herum das sie es mit ihrem Sohn tat. Was tat ?

Sie ist eine Schlampe hörte man oft wenn sie meine Eltern mit anderen Freunden zusammen waren.

Das wunderte mich. Einmal sind sie mit denen zusammen. Dann lästern sie über ihre Freunde. Für mich stimmte da was nicht das passte irgendwie nicht..

Ich ging sehr oft zu den Dadudas schaute oft durchs Schlüsselloch auch zu ihrem Schlafzimmer wenn sie so lange im Bett lag.

Wir Kinder wurden in diesem Milieu stark sexuell beeinflusst.

Ab und zu kamen noch andere Mädchen zu der Ilona. Die Heidi die Angelika. Wir machten dann das Licht aus zogen alle unsere Kleidung aus und die Mädchen nahmen unsere Penisse in den Mund und nuckelten herum und man bekam einen Ständer, der sich sehr gut anfühlte. Manchmal bekam ich auch keinen Ständer. Man war einfach nicht entspannt genug. Denn,,
Denn da könnte jemand reinkommen. Den Mädchen steckten wir die Finger in die Möse. Oder sie legten sich neben uns und cremten ihre Mösen mit Niveacreme ein. Das gefiel ihnen sehr gut. Und das alles passierte im dunklen.
Manchmal stellte ich mich auch unters Fenster das hinten zum Hof war und saß einfach da und hörte was da im Schlafzimmer gemacht wurde. Ab und zu kam Herr Daduda von der Arbeit und das Bett quietschte uns sie rief dann nach einer Weile, Ja, ,oh ja, Stoss tief, ja, , , so ist's gut,,, ohhhh ja sooo ist's sehr gut Karlchen,,,,,stoß tiefer,,,,,,,schön,,,schneller,,,ja jetzt schneller, ja das tuuuut sooo gut,,,ohhh sooo gut Karlchen,,,gut ,,jetzt langsamer,,,. Dann hörte man wieder eine Weile kaum was,,dann gekicher,,ohhh ja,,jetzt Stoss fester,,,ohhh ich komme,,ich komme,,,ich spritze,,jaaaaa,,,ohhh,,und danach einige Sekunden später lachten sie dann und das Lachen war völlig anders viel tiefer viel dunkler als sonst, viel stärker, aber dann ging's weiter bis Karlchen auch zu stöhnen anfing und Stöhnte und laut Stöhnte,, ich komme ich kommen rief er dann, und sie, ja, ja, ja komm mein Karlchen, und wenn sie wieder ruhiger war, dann lachte sie wieder ganz dunkel ganz tief..

Man wunderte sich natürlich was da los war. Was war da eigentlich los.

Einmal als sie wieder im Bett lag und der Andreas und ich ihr ein Bad einlassen sollte was wir auch taten kam sie völlig nackt ins Badezimmer. Mensch war die schön dachte man sich. Und diese riesen Brüste pralle volle Brüste und zwischen ihren Beinen so viele ganz schwarze Haare. Das hatte ich noch nie gesehen. Das war völlig neu. Ich konnte mich gar nicht genug satt sehen. Aber sie war schlecht gelaunt und scheuchte uns weg.
In dieser fabelhaft erregten spannenden Zeit der erotischen Spannungen und „HochfrequenzInteressen" an Sexualität erlebte ich dann

immer mehr der Magnetischen Natürlichkeiten in Bezug zur Frau oder Mädchen und den damit verbundenen Freuden und Schönheiten. Die Frau Daduda und aber auch andere Frauen die waren für mich Spannung und Erregungsbomben geworden, und meine Sexuelle Neugier kannte keine Grenzen , wurde vorangetrieben und eingeladen durch die Freifliegende Erotik meiner Umgebung. In dieser Zeit wurde ich ganz natürlich geöffnet und eingeführt in die Spiele und Freizügigkeiten der Geschlechter, oder für mich damals, der Mädchen und Frauen. Die Frauen waren damals für mich totale Erotikmagnete mit unwiderstehlichem Neugierdrang. Und im Laufe der Zeit gab es dann auch mehre Möglichkeiten bei der Frau Daduda diese Erotikspannung noch mehr zu verwirklichen, wobei sie, eine „Führende Hand" war oder mich „Gut platzierte". Einmal war ich bei ihr im Bad und brachte ihr ein Handtuch. Als ich ins Bad kam stand sie auf und zog mich an ihren Körper und sagte ‚na wie gefällt dir das, möchtest du mich mal Lecken. Leck mich mal und sie führte mich zu ihrem behaaaaaaarten Schenkelbereich. Küss mich da und leck meine Perle sagte sie ganz erregt und mit einer warmen Stimme. Das war für mich natürlich fabelhaft und ich ließ mich da voll drauf ein mit Freude und Interesse. Sie nahm dann meinen Kopf und drückte ihn ganz fest an ihre Möse die gut duftete und ich soll meine Zunge hineinstecken wurde ich aufgefordert. Das tat ich auch und fing dann an ihre Möse auszulecken mit einer mir unbekannten Erregung und Interesse. Sie dirigierte dann durch mehr dort und mehr nach links oder mehr nach oben und ja da bleib genau dort, dort leck mehr oder und jetzt sauge mal ganz tief dort und ich konnte dann ihre große fette Klitoris zwischen meinen Lippen spüren und merkte das sie genau das wollte das ich diese stelle Absauge und mit der Zunge intensiv ablecke. Ich hatte inzwischen einen megaprallen Ständer bekommen der kurz vor dem platzen war. Ich saugte ziemlich lange und merkte dann wie ihr Körper langsam an zu zittern und vibrieren anfing und sie vor sich her Stöhnte. Bis sie meinen Kopf langsam von ihren Körper nahm und mich geil lächelnd anschaute jedenfalls schaute sie mich anders an als sonst. Dann stieg sie aus dem Bad und wir gingen in das Schlafzimmer . Sie setzet sich auf die Bettkante und öffnete meine Hose und zog sie herunter und sah nun diesen Ständer und Grinste etwas. Sie nahm ihn in ihre Hände und drückte dann meine beiden Bällchen sanft und ich spürte wie da

Saft zum Vorschein kam,,einige Tropfen Saft erschienen, was noch nie zuvor bei mir passiert war, wenn ich mit den Mädchen oder wir Sexspiele hatten, auch nicht wenn sie den Pimmel in den Mund nahmen. Mit dem tropfen Saft rieb sie den Pimmel ein und massierte ihn sanft. Ich dachte der würde gleich platzen. Dann Zog sie mich noch mal zu ihren Schenkeln herunter und ich saugte und leckte wieder ihre heiße warme Möse. Sie lag nun rücklings auf dem Bett an der Bettkante. Ich saugte so lange und leckte so lange bis sie total erregt und zittrig war und mich sozusagen wieder von sich schob. Gut hast du das gemacht sagte sie. Sehr gut hast du das gemacht. Das gefällt mir sehr gut sagte sie noch mal. Ich hatte immer noch einen Ständer der nun wohl bald wegexplodieren würde….Sie forderte mich nun auf mich aufs Bett zu legen und fing dann an den Pimmelprotz wieder in ihre Hände zu nehmen ihn zu massieren und dann beugte sie sich über mich und nahm den Penis in den Mund..das war ein ganz anderer Mund als der der Mädchen. Der war sehr warm und saugte den Pimmel richtig tief rein und sie saugte ziemlich fest. Sie muss dann wohl etwas gemerkt haben das da der Pimmel bald vor dem Explodieren war und ich das sehr genoss und mit Freude dabei war und so beugte sie sich noch mal mit ihrem Körper über mein Kopf und ich hatte ihre Schenkel direkt auf meinem Gesicht und sah den Haarwald und sie spreizte dann die Schenkel damit ich sie wieder lecken und saugen konnte, was ich natürlich erregt erfreut tat. Mensch war das ein Erlebnis fabelhaft fühlte ich mich. Und sie saugte da an meinem Pimmel. Dann hob sie sich wieder runter von mir. Ich war am glühen und voll Wonne. Das war toll Prima fabelhaft. Komm setz dich auf die Bettkante sagte sie dann und nahm dann wieder den Ständer von mir zwischen beide Hände und drückte die Bälle sanft so das wieder mehr klare Flüssigkeit auf die Spitze des Pimmels kam der nun rötlich glühte. Sie nahm den glühenden Pimmel dann wieder in den Mund und fing an zu saugen und saugte sich den Pimmel total in ihren großen Mund mit den großen Lippen und ihren großen fetten Titten aus meiner damaligen Kindersicht, sie war einfach eine Sexbombe eine unwiderstehliche Attraktion auf mich eine Freude im Abenteuer Sexleben und Abenteuer Menschsein und Staunen. Sie saugte und saugte bis mein Pimmel explodierte und ich eine Ladung Saft in ihren Mund spritzte wobei mein Körper eine Totalerregung hatte eine Totalhingabe eine Wonneexplosion. Man war das gut. Das war meine erste richtige Einführung in das Sexleben mit einer wohl 30-35 Jahre älteren Frau das mir nur Freude bereitet hatte. Während dieser mehrmaligen Sexuellen erotischen Zusammenkünfte mit ihr und es ging immer von ihr aus, wenn sie Lust hatte und sie hatte wohl immer Lust, blieb es immer beim lecken und saugen ihrer Möse und Klitoris und auch ihrer dunklen Brustnippel denn das machte sie auch Geil . Ich leckte ihre Möse ihre Klitoris immer so lange bis sie einen für mich Monsterorgasmus hatte und mich mit Wucht fast in ihre Vagina drückte wenn sie ihre Orgasmen hatte. Und sie saugte meinen Pimmel und drückte meine Bälle dabei das ich oft Saft anspritzte in ihren heißen „Erdbeermund" und sie den Saft genüsslich genoss. Das war Nahrung für sie das konnte ich sehen. Erst nach einigen Jahren als ich 15 war und einen riesen Ständer hatte der prall und hart war „Fickten „ wir. In all den Jahren hatte ich also diese Leck und Saugerotik mit dieser geilen Frau die mich sehr gut in die Liebeserotik eingeführt hatte. Ich hatte schon oft auf ihren warmen Brüsten gelegen zwischen ihren Schenkeln und hatte in den Jahren viele male ihre Brüste gesaugt was mir besonders gut gefiel denn das Brüste saugen war irgendwie eine enorme Erotik in mir, ist ja auch kein Wunder denn da wird man ja als Kind auf die Brüste der Mutter gepolt und diese Brustpolung zu lösen das dauert Jahrzehnte. In der Pubertät da brauchte ich bloß an die Frau denken und kurz darauf spritzte ich schon ab. Das war enorm. Ich hatte da manchmal stundenlange Ständer der ging gar nicht mehr runter. Das war dann die Zeit als wir anfingen zu Ficken. Ich konnte sie mehrmals Ficken spritze sie voll Saft und der Ständer ging gar nicht runter der blieb und sie wollte dann in allen Lagen gefickt werden von hinten auf der Bettkante auf dem Bett im Stehen oder ich Fickte sie in den Mund wir waren eine Sexuelle Geilkomödie die Saft und Orgasmen ohne Ende zu haben schien. Also die Pubertät war gigantisch sagenhaft faszinierend. Wir fickten das erste Mal als ich 15 war und für sie nun wohl der Ständer das richtige Maß hatte. Er war Fett und ihre Möse war heiß und glatt und wohlig und eng und gemütlich.

Ansonsten versuchte man mir das „Geigen" beizubringen.

Eine alte Frau hatte bei meiner Mutter irgendwie Zugang gefunden. Sie hatte einen Dutt also ihr Haar als Knoten zusammengebunden ging sehr langsam und war sehr altmodisch war aber ansonsten freundlich .Ich weiß nicht mehr weshalb sie bei meiner Mutter war. Jedenfalls brachte sie mir tatsächlich einmal eine echte Geige mit. Ich versuchte einige male darauf zu spielen das Instrument selber war sehr interessant. Der Geigenstock mit seinen Pferdehaaren die schöne Form der Geige und so geigte ich drauflos aber Mensch.. das quiiietschte und das hörte nicht auf zu quiiietschen bis ich eines Tages in den Keller ging die Geige auf den Holzblock legte die Axt nahm und sie in Stücke hackte. Das war das Ende meiner Geigerei. Und das war die Wut die mir als 5-6 Jähriger damals von meinem Onkel in Hennstedt reingeschlagen wurde.

Indem was ich tat ließen mir meine Eltern die größtmöglichste Freiheit. Jetzt als 10 Jähriger waren die Schulen damit beschäftigt die Prüfungen für die Gymnasien und Realschulen zu machen. Die Lehrerin Wartemann unterstützte mich- ich sollte die Prüfung für die Realschule machen, das erzählte ich meinen Eltern. Die meinten dass ich selbst entscheiden sollte - was ich auch wollte und ich entschied mich gegen den Schulwechsel. Als 10-11 Jähriger nahm ich's in die Hand.
Unser Musiklehrer war der Herr Kohl, der stellvertretende Rektor. Ein hochnäsiger pedantischer eingebildeter Mensch der Kinder gar nicht verstehen konnte- auch der fiel bei mir durch. Er tänzelte in seiner Musikfantasie vor uns Kindern herum völlig benebelt. Der merkte gar nicht dass uns seine klassische Musik nicht im Geringsten interessierte. Da ich damals noch eine Engelstimme hatte bildete er mich im Singen mehr aus und ich sang im Kinderchor zu Weihnachten in der Kirche. Singen gefiel mir sehr gut da kam eine schöne Übereinstimmung in mir hoch. Da waren schöne Töne schöne Träume schöne Fantasien und außerdem kam ich mit der Rita der blonden schönen zusammen, denn im Musikunterricht beim Singen kamen auch die ein Jahr über uns waren dazu. Ich sang mit ihr im Chor..fantastisch. Aber ich konnte sie immer nur anhimmeln.. Ich war völlig weg.
Merkwürdige Zeit wenn ich in ihrer Nähe war.
Ich schmolz irgendwo hin war reine Wärme geworden. Natürlich war ich dabei überglücklich.
Gegenteil zu dieser Überglücklichkeit war wenn ich in den Keller gehen musste um Kohlen zu holen oder den Abfall wegzubringen. Da-

mals gab's dort unten noch keine Elektrizität, der lange Flur im Keller war völlig dunkel. Und ich wollte nicht alleine im dunklen Keller sein. Das dunkle machte mich spinös. Die Angst war dann bei mir. Gruselige Sachen liefen dann ab. Erst im Keller selber konnte man eine Kerze anzünden. Komisch nech, kaum ist das Licht an ist aller Spuk im Kopf vorbei.Und inzwischen weiß ich aus Eigenerfahrung, dass mein Licht heller ist als das Licht der Sonne.

Einmal, nachmittags, als es hell war, war ich beim Holzhacken. Das gefiel mir Holzhacken, und ich hackte neben das Stück Holz und traf den linken dicken Zeh, direkt durch den Schuh durch. Ich wurde kreidebleich und ging nach oben, bloß meine Mutter war nicht da, ich konnte nicht in die Wohnung, so klingelte ich bei der Nachbarin Frau Kainath, die mir sehr gut gefiel, sie sah schön aus und war gesund, etwas rundlich, sie machte auf und ich erklärte ihr die Situation, wohl aber nicht genau genug. Sie nahm mich in die Küche und während ich ihr erklärte was passiert war schaute ich zum Schuh hinunter und sah wie das Blut herausquoll. Auf einmal kam mir der Fußboden entgegen. Er kam näher noch näher und man unternahm gar nichts gegen den Fußboden der doch sonst am Fußboden bleib da unten und auf einmal war er direkt vor meinem Gesicht und, und dann klatsch, lag ich auf dem Boden und war Ohnmächtig, einige Sekunden lang. Meine erste Ohnmacht. Ich merkte überhaupt nicht das ich nach unten gefallen war sondern es war so als ob ich genau der gleiche war bloß die Äußerlichkeiten veränderten sich merkwürdig.

Bei uns zuhause waren oft die Frauen des Hauses versammelt. Meine Mutter eine freundliche Frau war so gastfreundlich das die Frauen sehr oft zusammen saßen und plauderten. Aber schon bald merkte ich das Sie mich als Mensch gar nicht mehr beachteten, obwohl ich dort in der Wohnung lebte, und nicht diese Hausfraueneulen. Ich merkte schon sehr früh dass die Freundlichkeit immer nur Anlass ist irgendwo herein zu kommen und so wie sie wirklich sind nämlich platt öde und schnodderig das war der Hauptteil von denen. So fragte man sich schon sehr früh weshalb die Menschen eigentlich nicht wirklich freundlich sind. Später als ich 15 war und Nachmittags aus der Schule kam und diese Frauen mit ihren fetten Ärschen immer dort in der Küche saßen und sie ihnen mehr gehörte als mir, der jetzt Essen brauchte und Ruhe, da schmiss ich sie alle raus. Ich fauchte sie so gewaltig an und sagte ihnen ihre schürzenhaften Klatschköpfe so wild, das sie empört die Wohnung verließen Von da an war bei uns wieder mehr Wohnungsleben anstatt Hauflur Tratsch. Die hatten sowieso nur Abfall in ihren Köpfen.

Aber jetzt als 10-11 Jähriger schaute man geduldig zu. Man nahm das Leben noch so wie es war, die Menschen die dazugehörten. Mein Vater schuftete in dem Röhrenwerk in Velbert. Der verdiente nicht viel. Meine Mutter sah dünn aus und nicht voller Leben, strahlend. Ich blieb auf der Volksschule .Bei uns in der Familie war nie ein Buch. Selbst mein Vater der sehr gerne angelte lehnte einmal ein Buch ab das vom Hemingway der alte Mann und das Meer, wo doch ein Kampf mit einem Riesenfisch beschrieben wird. Mir kam's so vor als ob mein Vater Allwissend Blöde war. Trotzdem, er war mein Vater. Aber was ist das schon. Am Sonntag meckerte er wenn der Teller nicht leergegessen wurde. Die Marlies heulte schon wenn er nachhause kam. Natürlich war nicht immer solche Stimmung aber was Beschwingtes daran kann ich mich nicht erinnern. Ich bekam edlige Trachten Prügel die nicht immer im Bereich der Prügel blieben. Sie arteten manchmal in den Bereich der Unzurechenbarkeit der blinden Wut des töten aus.

Einmal war ich in der Badewanne und meine Mutter hatte ihm wohl wieder mal erzählt das man frech war oder das man in einem Garten fremde Erdbeeren gegessen hat und der Besitzer beschwerte sich oder man hatte ihr Wiederworte gegeben. Und das sollen Erwachsene sein solche Menschen.

Jedenfalls an dem Tag schlug er wie wild auf mich in der Badewanne ein. Ich war in Todesangst und ich dachte ich sterbe. Er hatte mich beinahe ersoffen. Und mein Kopf wurde gegen die Badewanne gedonnert. Tagelang schlich ich durch die Wohnung und versteckte mich aß schon früher damit ich nicht zu sehen brauchte wer da zuhause war. Wir Kinder krochen dann alle durch die Wohnung sagten kein Wort und waren froh wenn wir aus der Wohnung waren.

Jetzt im nachhinein kann ich nur sagen, Menschen, die für Hitler waren, für ihn in den Krieg zogen, die müssen einfach bis zum Kern der menschlichen Schlechtigkeit gekommen sein, das Zentrum der Idiotie, und das war eben zerstörerische Macht über andere die sie als schwächer betrachteten zu haben. Dazu gehörten auch meine Eltern, periodisch.

Natürlich hört man heute Entschuldigungen, aber wenn ich denen nun eins aufs Maul hauen würde als Ausgleich für die Schlechtheit die sie mir reingeschlagen haben und dann zu ihnen sage Entschuldigung. Das wäre was wa !

Trotz allem war man unzerstört und freute sich am leben denn überall gab's was Neues zu sehen.

Mehr Häuser wurden gebaut. Und das sorgte dafür dass einige Jahre später keine Haubenlerchen mehr am Ende der Nonnenbrucherstraße waren. Sie fanden keine Felder mehr dort. Es gab nicht mehr ihre schönen Gesänge und ihre Aufmerksamen Beobachtungen ihrer Umgebung uns mit eingeschlossen. Auf den Baustellen tobten wir gerne herum in den frischen Kellern oder zwischen den Steinhaufen. Da gab's jede Menge Holzbalken oder auch viele Rohre und Nägel die auf dem Boden lagen. Alles wurde untersucht und für Interessant gehalten.

Das Gehämmer das Gekarre das Geschrei der Bauarbeiter war ein interessantes Leben das man gerne beobachtete.

Sonntags vormittags gingen wir Geschwister die Brigitte Marlies ich und der Vater oft Spazieren, während die Mutter das Essen machte. Er zeigte uns wann die Haselnüsse reif zum pflücken sind oder wir beobachteten Eichhörnchen. Wir gingen immer über die Felder zum Angertal hinunter. Die Anger stank ganz schön weil sie voller Abwässer war.

Wenn jemand anders beim Spaziergang getroffen wurde, wurde er freundlich gegrüßt.

Manchmal, nach der Schule oder in den Ferien gingen wir zu einem Bauernhof der in einer Talsenke lag. Neben dem Bauernhof lag ein Teich indem große Karpfen schwammen. Andere Freunde und ich fütterten die Karpfen aber die Bäuerin passte meistens ziemlich gut auf wenn wir trockenes Brot aufs Wasser warfen.

Wir erfanden dann die Fußgelenkmethode. Die Schnur war schon ums Fußgelenk gebunden der Rest der Schnur mit Haken und Brot war in der Hosentasche und ganz leger standen wir dann dort am Teich und fütterten die Karpfen.

Zack hatte einer angebissen, bloß man hatte sich verkalkuliert diese Karpfen waren keine müden Zierfische sondern Kraftklötze die einen anfingen ins Wasser zu ziehen und sie rasten so durchs Wasser das die Oberfläche sprudelte. Das scheuchte die Enten weg die nervös zu schnattern anfingen und schon war wider jemand am Fenster und so musste man dann ganz ruhig stehen bleiben. Wir hatten nie einen herausbekommen entweder bog der Haken durch den wir aus einem dünnen Nagel gemacht hatten oder ein richtiger Haken riss von der Schnur ab oder er kam einfach wieder lose.

Jetzt ist das Tal mit Häusern eingebaut und der Bauernhof von Mehrfamilienhäusern umgeben die sich als Heide darstellen. So wurde es jedenfalls genannt, Heide. Soon Schwachsinn das ist doch keine Heide wenn alles verbaut ist. Der Laubecker Bach der den Teich speiste ist auch zum Dreck degradiert.

Diesmal, in 1958 wurde ich in den Sommerferien für zwei Wochen in den Teuteburger Wald gefahren um bei bekannten den Selmigkeit dort im Wald zu leben. Der Herr Selmigkeit war ein Forstgehilfe der mitten im Wald ein Haus bewohnte und als eine Art zweitrangiger Förster dort lebte. Das war natürlich paradiesisch.

Seine zwei Söhne waren ungefähr gleich alt, waren natürlich auch nur in Wäldern und auf Wiesen. Der Wald hörte nie auf. Jeden Tag Wald Bäume Pflanzen Wald. Wir drei stöberten überall herum. Tatsächlich fanden wir einmal einen Steinpilz von sage und schreibe und höre fast drei Pfund. Die Mutter bereitete ihn dann wie Schnitzel Mensch war der gut.

Auch Angeln war hier gedurft. Wir brauchten keinen Angelschein und ein Fluss ein gemütlicher ungefähr 15 Meter breit mit vielen Wasserpflanzen und Baumstämmen war nach einem Fußgang von ungefähr 20 Minuten zu erreichen. Wir gingen oft Angeln. Auf Aale oder auf Döbel oder auf Karpfen. Einmal fingen wir einen Karpfen von 4 Pfund. Den brachten wir erst gar nicht nachhause. Die Selmigkeit Jungens kannten sich da sofort aus. Den bringen wir zu dem Laden der Besitzerin. Aber um da hin zu kommen mussten wir fast 1,5 Stunde gehen, immer durch den Wald, und Wald und Wald. Dann kamen wir auf eine Landstrasse und dort an der Ecke war ein kleines Lebensmittelgeschäft. Der älteste der Selmigkeits bot der alten Frau den Fisch zum Tausch an gegen Bonbons und Kaugummi. Voll mit Gummi schlenderten wir dann wieder zurück, untersuchten Fuchsbauten oder staunten über die größeren Dachsbauten. Manchmal kletterten wir auf einen dicken Baum um von dort oben das da unten zu begutachten.

Der Fluss hatte es uns besonders angetan. Wenn wir Schlei fingen räucherten wir sie uns selber im Räucherofen auf dem Hof. Ein kleines Rehkitz wurde dort gesund gepflegt. Die Selmigkeits selber waren genauso Geldarm wie wir. In der Wohnung schienen die Hottentotten oder die Tottenham Hotspurs zu hausen. Alles lag irgendwie im Haufen zusammengewürfelt herum. Ordnung war eine Art von Unordnung. Die größte Attraktion war das wir dort machen konnten was wir wollten. Es gab keine Beschränkungen seitens der Eltern. So gingen wir andauernd nachts Angeln. Wir drei Kinder zogen also nachts durch den Wald und wollten Aale angeln. Zu dritt war's prima. Aber alleine war's schon ungemütlicher für mich. Einmal hatte ich etwas vergessen und ging dann alleine zum Haus zurück ohne Lampe. Mensch war das gruselig im Kopf. Auf dem Rückweg sah ich dann zum erstenmal diese Leuchtpunkte auf dem Boden. Umso mehr ich schaute umso mehr waren die Leuchtpunkte zu sehen. Als ich das den Selmigkeit's erzählte sagten sie dass das Phosphor wäre das auf dem verrotteten Holz ist. Das entfachte mein Interesse und ich verlor die Angst alleine im Wald nachts zu sein.

In diesem Sommer fanden wir auch wieder in Heiligenhaus eine Quelle um etwas Geld zu machen. Wir waren auf unseren Streifzügen, um die Gegend kennen zu lernen, das Leben dort, und mal sehen wo's einem am besten gefiel, auch schon die Ratinger Strasse hinunter gegangen, dort am Werkerwald vorbei, unten wo der Neuhof stand auf der linken Seite, dort waren an der Strasse des Bauernhofes viele Dornenbüsche, ganz dichte, und dort lagen die Hühner , sie lebten dort wohl lieber als im Hühnerstall, denn als wir das erstemal auf diese Stelle aufmerksam wurden fanden wir über 20 Hühnereier. Natürlich wurden sie aufgeteilt unter uns drei, Erhardt Wetzel, Erwin Lies und Ich. Noch etwas weiter hinunter an dieser Ratinger Strasse auf der linken Seite wo der Angerweg anfing wuchsen wilde Kirschen. Die bekletterten wir natürlich auch, denn dort gab's was leckeres, und rechts davon durch die Büsche über die Felder kamen wir auf einmal an einen Steilhang der ziemlich schräg hinunterführt und mit hohem Gras bewachsen war. Dies war die verbotene Gegend des Steinbruchs, der jetzt nicht mehr abgebrochen wurde. Falken segelten hier im Aufwind. Diese Steilwiese war voller bunter

Schmetterlinge. Und sie lag größtenteils im Sonnelicht. Von dort aus hatte man eine große Übersicht über die Gegend. Dort fühlte man sich besonders sicher. Denn die da unten die konnten hier nicht so schnell raufkommen.

Die Schmetterlinge waren hier in extrem vielen Varianten. Man kam aus dem Staunen gar nicht mehr heraus. Wenn man nun diese Schrägwiese die wilde, an der wurde nie etwas gemacht, langsam hinunter glitt, dann erst kam man an den wirklichen Steilhang und musste natürlich sehr vorsichtig herumklettern um dort bis zum Boden zu kommen. Denn dort unten war unmittelbar an der Steinbruchwand ein schöner wilder Teich mit ganz klarem Wasser und am Ende mit viel Schilfkolben. Hier unten war man wieder sicher denn dort kam keiner hin. Und direkt neben dem Teich ging wieder eine Wand hoch und erst dort 10 Meter höher war das große Steinbruch Plateau mit Schuttgeröll und einer Gießerei. Also der Teich war am tiefsten Punkt des Steinbruchs. Man musste noch mal diese 10 Meter Wand die aus Felsen war hinunter klettern. Aber das tollste war das da unten ein Eingang zu einer riesigen Höhle war. Dort war man trocken wenn's regnete. Und oben, auf dem Plateau war ein Eingang zu dieser Höhle. Dort war der Eingang so groß wie ein Einfamilienhaus, und der war zur hälfte mit einem Brettertor verschlossen. Da wimmelte es von Fledermäusen. Aber es war sehr gefährlich dort drin. Überall war's glitschig und wir erfuhren dass alles morsch dort drin sein sollte. So ließen wir diese große Höhle unbeachteter. Dafür verbrachten wir Klassenkameraden aber meistens der Erwin Lies und ich hier unten viel Zeit. Wir machten uns aus den Schilfkolben dann Fackeln indem wie sie in Terpentin tauchten, trockenen ließen, und dort in der Höhle ansteckten. Man saß dann am Teich, angelte mit kleinen Würmern. Mal sehen was da so beisst. Zu unserer Überraschung wimmelte es dort von Molchen in dem Teich und Stichlinge. Die dicken Karpfen die dort auch lebten bekamen wir nie zu sehen. Bei weiteren Erkundungen fanden wir dann die Schuttberge der Gießerei. Dort wurde meistens der Gusssand weg geschüttet. Aber Mensch es wimmelte in ihm voller Gusseisenstückchen, und die sammelten wir dann. Das machte Extralaune, man konnte sich so richtig in ihm tümmeln und oft sahen wir aus wie echte Bergarbeiter. Denn es war so schön warm dort im dunklen Sand. So schleppten wir so manche Kiste voller Gusseisenstücke aus diesem Steinbruch.

Natürlich war das eine erfreuliche Rackerei alles die steile Wand hoch bringen und dann noch die schräge Wildwiese. Oben legten wir uns ein Depot all .Dann bauten wir uns aus einer Obstkiste einen Wagen mit Rädern den wir dann zogen. Jeden Dienstag kam dann der Schrottsammler so wie der Rattenfänger von Hameln. Er spielte sein Lied auf einer billigen Blechflöte. Dieser hatte eine dunkelblaue, und sein Lied klang sehr schön wenn man ihn kommen hörte. Er hatte ein Dreiradauto. Manchmal bekamen wir Drei Mark für eine Obstkiste voller Gusseisen. Das war natürlich extremer Reichtum. Apropopo Geld.

Einmal an einem Sonntag nach dem Essen ging ich in die Stadt. Sonntags war ja immer der Saubertag. Frisches Hemd frische Socken. In unserer Familie waren sie immer frisch angezogen.

Meine Mutter wühlte ja auch wie eine Wilde. Wohl im Sinne von Bete und Arbeite.

Ich schlenderte im warmen Sonnenlicht die Hauptstraße hoch. Ungefähr an der Arnold Kiekert Strasse schaute ich in einen Kellerfenster Gully hinein. Und siehe da, da lag ein Zweimarkstück. Sofort wurde das Gitter angehoben und die Zwei Mark rausgeholt. Natürlich freute ich mich. Und in dem Moment kam der Klaus Westphal vorbei. Ich fragte ihn was er vorhat und er wusste nicht genau was, also lud ich ihn zu Kino ein. Da die zwei Mark genau für Zwei reichte.

Wir gingen dann damals in die Filmbühne. Dort war Sonntagnachmittag immer was los. Diesmal spielten sie „Der Teufel mit den drei goldenen Haaren " Und da wir eine Mark bezahlten, konnten wir dieses mal auf dem Balkon sitzen. Das war natürlich ein Erlebnis. Das Kino war gerammelt voll. Und von Oben nach Unten zu schauen was da alles los war, war schon riesiger Spaß. Als dann dem wilden Teufel die drei goldenen Haare rausgezogen wurden standen mir die Haare zu Berge.

Damals als 10 jähriger hatte ich auch meine erste intensive Erfahrung mit der Autorität mit der Polizei und dem Jugendrichter. Unsere Erkundigungen trieben uns immer weiter. Durchs Angertal hindurch, dort den Berghang bei den Suttowas am Haus Anger hoch bis zum Baggerloch das den Kalksteinwerken in Wülfrath gehört. Denen schien fast alles zu gehören.. Das Baggerloch war der größte See dort in der Gegend. Tief, voller Fische und auch in einer Senke. Eben der Bagger Senke. Wir gingen dort immer zum Angeln hin und

Schwimmen konnte man dort auch gut. Kesselsdell hieß die Gegend, schon nach Ratingen, und einmal kam ein Polizist vorbei und machte Anzeige gegen mich. Als ich dann in Heiligenhaus mit meinem Vater zum Rathaus musste und vor dem Jugendrichter stand - sagte er der Polizist hatte mich wegen unerlaubten Angelns angezeigt.

Ich erklärte ihm dass ich dort immer zum Angeln hinging und keiner weiß dass er irgendwo nicht Angeln darf. Jetzt ist alles mit hohem Stacheldraht und Schilden dort verbarrikadiert.

Dann sagte der Richter, das er diesen Polizisten eigentlich für so blöde hält das er diese Anzeige gemacht hatte das er über diese Sache, gar nicht weiter reden wollte. Wir unterhielten uns dann noch eine Weile wo man zu Schule ging, wie man sehr viel erlebte, was man vor hatte, und dann konnte ich gehen.

Von da an waren Polizisten für mich Vollblutidioten. Immer wenn ich einen sehe, sehen ich einen Vollblutidioten. Roboter, Hörige,Unwissende. Und irgendwie liegt man da auch jetzt noch ziemlich gut. Damals wusste man nicht das Paragraphen nicht das Leben sind. Das Leben schert sich einen billigen Furz um Paragraphen. Nur alte tote Hosen glauben an Paragraphen. Natürlich ist der Blockiereffekt wichtig.

Und wohl weil diese Polizisten sich mit solchen Blockaden innerlich beschäftigen sehen sie auch so blockiert so muffelig so unbelebt aus. Ja sie sehen ganz einfach unfreundlich aus.

Also hauptsächlich, wie ja schon beschrieben waren Klassenfreunde draußen auf den Feldern in den Wäldern, und davon sehr oft beim Johannes Bellwied die unten in Hasselbeck ihren gepachteten Hof hatten.

Wenn der Johannes zuhause bleiben musste zogen wir Kinder dann oft alleine weiter.

Dort wo die Quelle hinterm Hof unten im Wiesental hervorkam und dann zu einem kleinen Bach wurde der später durch den Angerwald hüpfte und dann unten in der Nähe von Haus Anger in die Anger mündete, von dort zogen wir dann den Bach entlang, schauten uns die Vergissmeinnicht an, blickten in die Büsche um zu sehen ob da Hasen drin waren. Oder blickten in Wasser um irgendetwas Lebendiges zu sehen. Bis wir zum Anfang des Angerwaldes kamen war's nicht lange. Dort endeten auch die Felder von Bellwieds die wir schon oft mit dem Trecker befahren hatten. Direkt am Waldrand auf einer riesigen Buche ganz oben hatte ein Bussard schon sehr lange seinen Horst. Wir schlichen uns vorsichtig heran um zu sehen was da oben los ist, erklettern konnten wir den Baum nicht der Stamm zu dick und vor allem waren keine Äste in Griffhöhe. In den Erlen, wurde der Anfang dieser Gegend genannt .Etwas nach links über den Wiesenhügel ist jetzt ein neuer Friedhof auf dem vorher eine hängende Wiese war, auf der eine kleine Quelle etwa 20 Zentimeter Durchmesser, sprudelte. Dort konnte man im heißen Sommer auf dem Rückweg von den abenteuerlichen Streifzügen durchs Leben sich hinknien und das beste Wasser trinken.

Die Quelle kannte auch wohl nur der Bauer und einige Kühe.

Wenn man nun tiefer in den Wald ging, kam man in einen Laubwald, meistens Buchen oder links am Hang war dicker Fichtenwald in dem es von kleinen Vögeln nur so piepste. Sie hatten ganz zarte Piepstöne die kleinen Nadelwaldvögel ,und dieser Wald hatte viel Moosboden der besonders schön aussah.

Dort war man sehr verträumt in diesem Wald. Eine schöne Spielart war es für die Eichhörnchen und Mause Häuser zu bauen

Wir nahmen kleine Stöcke Äste und legten sie schräg gegen den Baumstamm oder aber auch so das ein Haus geformt wurde. Das ganze wurde dann mit feinen Ästen durchwoben und oben drauf legten wir das schone grüne Moos. Wenn das dann fertig war erzählten wir uns, dass darin eben Eichhörnchen leben sollten.

Wenn man dann später zurück in den Wald kam schaute man zuerst nach den Eichhörnchenhäusern um zu sehen ob eins darin schlief. Natürlich fanden wir nie eine Maus oder Hörnchen darin. Aber das Bauen und drum herum machte sehr viel Freude, war Freude.

Wir gerieten immer tiefer in den Wald. Ganz selten sahen wir oben links am Waldrand vom Tannenwald mal eine Gruppe Rehe. Jede Ecke des kleinen Bachs wurde aber untersucht und für interessant befunden. Wir suchten nach Nestern von Zaunkönigen oder aber fanden mal den seltenen Feuersalamander, den wir nur beobachteten und weiterlaufen ließen. Zum Essen gab's in dem Wald nicht viel. Kastanien oder Eicheln schmeckten nicht - ab und zu fand man Himbeeren oder Brombeeren.

(Interessanterweise habe ich jetzt im Vorjahr 1984 hier in München im Wald unten an der Isar schon aus dem englischen Garten heraus, einmal beim durchstreifen eines Nadelwaldes tatsächlich auch so ein Eichhörnchenhaus gefunden. Das war eine riesen Überraschung und zugleich kam mir in den Sinn wie wir Menschen doch das gleiche tun und wie einfach von unterschiedlichen Menschen die sich nicht kennen doch das gleiche produziert wird. Ich war sehr erstaunt.)

Wenn man dann runter bis zur Anger kam, dann waren wir schon wieder weit weg von zuhause.

Direkt an der Anger geht der Weg auch in Richtung Steinbruch und nach rechts ging er nach Ratingen, Düsseldorf. Wir blieben mehr zu linken Seite oder aber wenn's ganz lange dauern sollte und man erst spät abends zurück kam dann gingen wir geradeaus zum Baggerloch beim Haus Anger vorbei.

Aber hier, direkt an der Anger dem Angerbach, links vom alten schon zerfallenen Gut, war ein Sumpfgebiet in dem die Enten nisteten und viele Blumen blühten. Und dort lagen auch mehrere alte Baumstämme über diesen Angerbach. Darüber gingen wir nur sehr selten, es war Vogelschutzgebiet. Hier wimmelte es von Zaunkönigen. Viele Enten waren dort. Und alleine das rüber balancieren auf dem glitschigen Baumstamm war schon ein Aufpassakt. Und ab und zu im Frühling gingen wir gerne da rüber, wenn die braunen Blätter noch auf dem Boden lagen das Schilf gelbbraun stand und alles knisterte wenn es trocken und warm war, denn dort blühten ganz früh die Primeln und auf die hatten wir's abgesehen. Denn die dufteten so fantastisch. Dann legten wir uns einfach auf den warmen Boden neben einen Primelbusch und ließen uns vom Duft einlullen.

Diesmal, jetzt, ist es schon Sommer, waren wir zu zweit wieder da unten und sind ganz vorsichtig über den Baumstamm balanciert und haben nach Entennestern gesucht aber keine gefunden. Also balancieren wir wieder zurück und als wir am Ende vom Baumstamm gelangt sind da müssen wir noch die Böschung hoch die ganz verwachsen ist. Man kann von der Strasse nicht sehen was da unten vor sich geht, und da steht ein junger Mann vor uns.

Wir sind etwas erschrocken.

Er fragt uns was wir da gemacht haben, da dürfen wir doch nicht hin das ist Naturschutzgebiet.

Wir erzählen ihm dass wir nur Spazieren gehen und Blumen suchten um sie anzuschauen.

Er sagt er muss das dem Förster sagen und mir müssen mitkommen, er selber ist nämlich der Aufseher in dieser Gegend..Er hat dafür zu sorgen dass hier nichts kaputtgemacht wird.

Also müssen wir ihm folgen, denn, er holte eine Pistole aus seiner Tasche und deutet an das wir ja nicht versuchen sollten wegzulaufen.

Also folgen wir ihm. Er geht wieder den kleinen Bach entlang der zur Bellwiedquelle führen würde. Dann biegt er mitten im Wald links ab, hinein in eine schräg verwachsene Gegend , wenn man in die Richtung weiter gehen würde, würde man eventuell aus dem Wald kommen und zum Gut Anger kommen einem Modellbauernhof den man ganz klein von Bellwied's sehen konnte.

Zu unserer Überraschung sehen wir dass in dem Dickicht Hausruinen zu sehen sind die wir noch nie entdeckt hatten.

Er erzählt uns dass der Förster hier in diesen Ruinen ist.

Wir gehen in eine Ruine hinein.

Auf einmal wird der Mann ganz unruhig und nimmt die Pistole heraus und sagt wir sollen jetzt ganz ruhig sein, uns wird nichts passieren wenn wir ruhig bleiben.

Mit der rechten Hand hält er die Pistole und er fordert uns auf unsere Hosen auf zu machen. Ich hatte meine neuen Lederhose an , und der Eckhart, natürlich auch eine.

Ich werde auf einmal ganz hellwach und bin extrem ruhig. Dieses Verhalten hatte mir später in mörderischen Situationen immer das „Leben" gerettet.

Wir stehen nun da vor diesem Mann mit der Pistole ich habe merkwürdigerweise gar keine Angst. Dann legt der Mann die Pistole an Eckhards Kopf und fängt zur gleichen Zeit an Eckhard's kleinem Pimmel herumzumachen.

Er wird ganz wild ganz nervös, der Pistolero.

Seine Augen wurden viel größer und er versucht an dem kleinen Pimmel Onanierbewegungen zu machen. Er versucht also diesem kleinen Eckhard der noch schmaler war als ich einen Ständer zu machen. Während er beim Eckhard herumfummelte schaute er mich nun ziemlich wild an..Der war nicht mehr so wie am Anfang am Angerbach der war anders. Der sah gefährlich aus.

Auch bei mir fing er nun an die Vorhaut hin und her zu bewegen.

Seit schön still sagte er immer wider.

Immer wieder versucht er uns einen Ständer zu machen. Ich hatte nicht die geringste Ahnung vom Onanieren, oder Onaniert werden, und insbesondere nicht unter dieser Angerwald Missbrauch Blödheit dieses PistolenTiers. Das hier war keine Freiheit Liebe Lust wie unter uns Kindern oder mit der ErotikaBombenErotik mit der Frau.

Aber beim Eckhard klappte nichts für ihn.

Und bei mir auch nicht.

Doch er ließ nicht locker.

Dann fing er an Spucke auf seine Finger zu tun und rieb weiter an unseren Pimmelchen herum auch das wirkte nicht..

Man steht da und schaut zu wie da ein Erwachsener vor einem mit einer Pistole kniet und uns bedroht. Ich war extrem ruhig und durch diese Ruhe werde ich eben ganz wach.

Dann sagte er wir sollten selber so weitermachen wie er es uns gezeigt hatte.

Doch keiner von uns rührte sich, wir waren wie eingefroren..

Der Mann war noch nervöser und wurde nun böser.

Er drohte uns wir sollen tun was er verlangt oder er bringt uns zum Förster, und dort werden wir bestraft.

Also taten wir was er verlangte.

Natürlich bekommt man in einer Angstsituation niemals einen Ständer. Der muss wirklich sehr blöde gewesen sein.Und wo die Blödheit aufhört, da hört auch die Bösheit auf.

Als bei unserem Tun auch nicht das passierte was er mit uns vor hatte, fummelte er noch mal selber weiter.

Da nun nach und nach bei ihm wohl auch klar war das mit seinem Onanieren mit uns einfach nichts klappte, sagte er wir sollen unsere Hosen wieder anziehen, dann bedrohte er uns noch mit der Pistole und sagte wir sollen ja niemandem was hiervon erzählen, sonst würden wir es mit der Pistole zu spüren bekommen.

Dann ließ er uns gehen.

Von da an war bei mir in der Angelegenheit Ende.

Keine Erinnerung.

Außer einer.

In der Schule hörte ich wie einige Klassenkameraden davon redeten das im Angerwald ein Mann ist der sie mit der Pistole bedroht hatte,...

Ulrich Pries hatte er auch und andere auch so behandelt.

Ja, er ist einer der da durch die Wälder streift und ab und zu beim

Bauern arbeitet hörte ich noch mal...
Man nennt ihn „Fuzzy", sagte Ulrich Pries noch.
Jetzt sind
27
Jahre
vergangen
und
vor
einem
Monat
fiel
mir
diese
vergangene
Gegenwart
wieder
ins
Gedächtnis
ohne irgendwelche
seelischen
weh
weh
chens,
doch dann, fragte ich mich auf einmal, wie ist mein Verhältnis zum
Mitmenschen
gestört
oder
harmonisch
Und hier ist Teil ZwO, entstanden aus Teil Eins.

Teil ZwO

„Die Gegenwartshelden nehmen immense Ausmaße an, dagegen
sterben die Weisen teilnahmslos aus"

Der Pastor damals in Heiligenhaus, Pastor Götz, der die Konfirman-
den schulte, zu dem ich ging, der von Jesus und Liebe redete, wurde
versetzt, weil er die Mütter der Kinder die zur Konfirmation kommen

sollte, sexuell erpresste und von ihnen Sex erpresste. Kein Wunder bei dem Namen, Götz. Götze. Die KirchengehaltsEmpfänger das ist der Satan.Der Vollblutmaterialismusmuuus.

27 Jahre sind vergangen. Nachhinein oder Vorheraus, es bleibt nichts übrig, auch wenn man jetzt einen aus Kanada mitgebrachten dunkelroten Corvette fährt. Selbstverständlich auch wenn man sich in 27 Jahren durch die Universitäten geboxt hat oder mit Hochschlägen die Weltfirmen durch seine geniehafte Anwesenheit begütert hatte. Auch das Bankkonto das dicke da sind immerhin 260 000 Mark zusammengearbeitet. Auch die verschiedenen Frauen, die alle ausnahmslos nicht die Fähigkeit hatten ein klein wenig weiter als die Frau sich zu entwickeln.
Und selbstverständlich auch mit der realistischen Ignoranz zuzusehen wie die Menschen eine Bande gefräßiger Ignoranz geworden sind, aber das natürlich mit der allergrößten Freundlichkeit.
Denn man wird ja auch durch das selbstverständliche Lächeln ein Idiot. Tatsache ist aber das die Meere in diesen 27 Jahren ohne auch nur sachlich zu werden oder diese wissenschaftlich Windelkackerei die ein Windei nach dem andern unterstützt
das sie ja selbst ausbrütet zu benutzen.
Die Meere werden jeden Tag versauter.
Die Menschen werden jeden Tag versauter.
Die Luft wird jeden Tag versauter.
Die Geschäftspraktiken werden jeden Tag versauter.
Politik wird jeden Tag versauter
Geldmachen wird jeden Tag versauter
Das Arbeitsklima in den Firmen wird jeden Tag versauter
Die Arbeiter werden jeden Tag versauter.
Lustsucher werden jeden Tag versauter
Die Erde wird jeden Tag versauter.
Der Kosmos wir jeden Tag versauter.
Die Welt wird jeden Tag versauter.
Gott wird jeden Tag versauter.
Fazit-------
27 Jahre später - jetzt nach dieser Erinnerung - diese Blöde
Innerliche Sache - bin ich damit beschäftigt wie ich selber versauter wurde.

Für mich war klar--
Terrorismus wurde versauter
Splitterrismus wurde versauter
Sektismus wurde versauter
Armeen wurden versauter
egal ob Ost oder SÜD oder Nord
oder West
Umso mehr ich darüber nachdachte wie diese Erlebnisse meines
Menschendaseins-
und ich bin nun mal da-
in manchen Clubs - Bars oder einfach auf der Strasse habe ich oft
genug die Erlebnisse verdaut, das, ohne was zu sagen meine bloße
Anwesenheit für die anderen schon zu viel war. Die Versautheit der
Menschen wurde so versaut -das der Angriff der Gegenwart für sie
zu viel war und ihr mickriges
Ichversautes Ich - nur noch gefräßige Zerstörung kannte.
Das war sehr versaut. Auch wenn die Sonne genauso scheint - bloß
aber ihre Strahlen nicht mehr so schön durch die Versautheit der
brillianten wissenschaftlichen versauten Erfindungen durchscheinen
können.
Durch diese Versautheit aus der ich auch komme, zum Beispiel
habe ich eine Versautheitsurkunde von der Universität Sir George
in Montreal bekommen - Biologe. Dann habe ich noch eine versaute
Urkunde von der Mc Gill Universität auch in Montreal bekommen
– Astrophysik - Mathematik.
Dann, ich ging damals als 19 jähriger direkt nach Kanada um mich
nicht in die gröbste Art der Sauerei zu begeben die als Bundeswehr
buchstabiert wird - aber den Buchstaben nicht gerecht wird sonder
eine Sauwehr geworden ist.
In Kanada musste ich mich erstmal um ein Jahr älter machen damit
ich dort zur Universität gehen konnte. Was ich auch tat.
Ab zwanzig kann in Kanada jeder zur Universität auch ohne vorher
die Tretmühle der angepassten Systeme durchsaut zu haben.
Wie ihr ja schon gelesen hattet überließen meine Eltern mir die Wahl
ob ich nun den so genannten höheren Bildungsweg gehe dem Sau-
weg. Denn Abstraktum Nos Mathematikum – alles was nach höheren Bildung strebt wird letztendlich zur Sau oder zur Sau gemacht
werden. Wer ganz „OBEN" steht, sogar über den Wolken das ist mit

dem Typ von Mensch heute 1985 – 86 garantiert derjenige der die größte Obersau ist.

Natürlich kommt mit den Obersäuen die Wende zur geistigen Erneuerung, bloß das der Geist nie innerhalb von politischen Sekten lebt ist doch nun im Zeitalter der Säue klar. Ich habe mir in diesen Jahren eine saumäßig feine Gesellschaftsidentität ersaut –

mein Name ist...

Doktor, Philosoph, Dynamit Nobelpreis--ich bin zum Zentrum der Weisheit vorgedrungen. Denn wenn der Geist der Unsichtbare um mein Haupt dem Sauhaupt schwebt dann ist das göttliche nicht mehr weit und die Kacke dampft dort nicht - somit hat man freies geleit alles noch versauter zu machen.

Nun - zwei Wochen nach der Wiederholungsvergewaltigung stellt man fest dass man durch die mitmenschlichen Säue ganz schön versaut wurde.

Ein Syndrom umgab mich ein geistiges, natürlich was denn sonst. Tage lang war ich in einem Komma, und melancholischem Koma, der blusige Nebel in meinem Gehirn hatte Herbstqualität ganz ohne Konkurrenz. Obwohl die Sonne seit eh und je weiter schien.

Meine Stellung als Astrophysisches Genie mit Tendenz zur Verallgemeinerten Sau bei Max Plank dem grässlichen der zu aller erst Fachidioten produziert - die ganz und gar nichts mehr vom Leben wissen und meinen und Überzeugt sind das die kleinen Teilchen die paar Phänomene so genannte Wellenemoglüpen das Leben sind , sie war für mich bedeutungslos geworden.

Ich kündigte.

Sau die ich geworden war wollte ich nun mein restliches Leben dem Wohl der Gesellschaft widmen.

Doch zuerst hatte ich noch einige Tage der internen göttlichen Wahnsinnereien in mir zu Überstehen.

Tatsache war das die Mitmenschen versuchen die andern Mitmenschen zu versauen umzubringen versuchen zu vergiften zu verschaukeln zu manipulieren oder ganz einfach zur SAU zu machen.

Ich wollte mit solchen nach Verhaltenskodex lebenden Idioten nicht mehr in engerem Kontakt leben.

Deswegen der Sturz nach vorne. Erneuerung der Gesellschaft.

Wie der Kohl Kohl damals schon sagte „geistige Erneuerung der Gesellschaft".

Das ist also nichts Ungewöhnliches. Es ist eine Sache die der Kanzler ja vor der europäischen der Weltbevölkerung zu Wort gebracht hatte. Von Kanzlern sollte man ja annehmen dass sie keine Säue sind.

Oder. ! ?

Es sollte etwas besseres etwas gesünderes etwas Schöneres in der BRD-Gesellschaft und der restlichen Welt aufgebaut werden. !

Um politischen Willen um gesellschaftlichen Willen keine ehrbaren Säue mehr in der Politik im Parlament die dann eure Gelder für sich bleichen lassen und sogar noch lächelnd auf euch schauen und sagen-

Ihr Säue.

Nein es sollte eine ganz neue Sache werden..

Da Neugier der Hauptfaktor der Massenfressgesellschaft ist und mit ihr sogar atomare Säue vermarktet werden - muss also eure Neugier für sehr lange Zeit aufrechterhalten werden.

Denn sogar Neugier wird sehr schnell zu Altgier bei euch.

Altgier ist das zulassen von Säuen - ist Gewohnheitssäuerei die sich dann in blühender Korruptionsmacht subtil über den Erdball gesponnen hat.

Ja es ist viel zu spät für eine demokratische Versöhnung.

Sie ist viel zu tief im Sau Sumpf .

Es wird nie - nie eine demokratische Illusionsgesellschaft geben - ganz alleine deswegen schon nicht weil jede Sau ihre freundschaftlichen Säue mitsuhlen lässt.

Da ist von Geistigkeit im Sumpf gar nicht mehr die Möglichkeit da wird nur noch Kacke gefressen.

Die Säue selber halten sich aber im Zeitalter der Anpassung für Vernunftsäue und haben die drei Meter hohe Meinung von sich und ihren Kollegen - dass sie nicht angepasst sind.

Dieses nicht angepasst sein wurde zum Beispiel vom Bundeskanzler auf dem Geburtstag 1985 in Bayern dem Urbayer als plakative Ehrung zugesprochen - habe ich selbst- ich Dynamit - im Radio gehört.

In der Rockmusik sagt man er lässt die Sau raus.

In der Politik würde man sich das niemals öffentlich zugestehen. Die haben nicht so viel Wahrheit. Da sie aber verdrängt ist wird sie natürlicherweise zu einem saumäßigen Stuhlgang der ganz hart geschissen wird und der Arsch tut dadurch sehr weh weil viel Sauereien unter dem hohen Niveau der politisch wirtschaftlichen Geistigkeit gekehrt wird. Diese Härte wird so gut wie möglich ganz ganz lange vertuscht mit Tusche bis aber die Sau sich nicht mehr verstellen braucht wenn sie fett, fett genug und kräftig genug geworden ist um ihr saumäßiges Wesen herumsauen zu lassen.

Saumäßiger Gaudi so zusagen. Auf Kosten der dummen Säue..

So ist das Leben. Das Leben nimmt keine Rücksicht wegen Vernunft oder wegen Freundlichkeit oder wegen schlecht oder Miserabel. Und die Menschen in öffentlichen Ämtern schon gar nicht, weil ja da die Sau herrscht.

Ich selber finde die Politiker sind aber gar nicht so schlecht wie sie immer sind. Ich stelle mir einfach vor sie sind sympathisch und äußerst liebenswerte Schäfchen der sowieso liebenswürdigen Wirtschaftskonglomerate.

Also für mich selber gibt's keine schlechten Politiker.

Und was ist schon Unterschlagung nur das Gegenteil von Überschlagung

Wenn man dann in einem 580ger Mercedes einen Unfall hat bringt das schwere Nachteile für die Werbung des Objekts.

Nein Politiker sind bis jetzt auch nur Halbaffen die versuchen im Anzug als Menschen da zustehen. Und Affen sind possierlich. Im Zoo und so.

Man kann ihnen Erdnüsse zuwerfen und alle stürzen sich auf eine Erdnuss. Beißen sich ineinander fest und grunzen dabei viel mit viel Gequietsche und Gefurze. Zugegeben da sind Ähnlichkeiten. Trotzdem finde ich sogar die Kleinkinder die davon träumen Politiker zu werden sympathisch ganz wie auch kaputt..

Als Wissenschaftler trug ich immer Anzüge und war wohl gekämmt. Nun da ich den monatlichen Scheckverein verlassen habe fing ich an eine Gestalttherapie mitzumachen mit dem Resultat das ich nun endlich meine wahre Persona mein wahres Ich gefunden hatte. Und das ist das wahre Ich das ihr nun erkennen werdet. Für meine zarten Ohren ganz und gar ungewohnt gab mir der Therapist – jemand der sehr zum Selbstmord neigte – den Ratschlag meinen Aggressionen freien Lauf zu lassen - Psychopharmaka war mittlerweile zu erkannt und öffentlich nicht mehr in.

Lassen sie ihre Aggressionen heraus brüllte der Therapeut mich immerzu an - sein Gesicht war dann Rot angelaufen.

Ich sollte stundenlang Mötorhead hören - the ace of spade, legte er mir sehr ans Herz.

Ich folgte seinem Rat und mein Herz wurde wackelig. Ich hörte „the ace of spades" zwei Wochen jeden Tag 30 mal. Danach war mir keine Musik mehr laut genug und ich kaufte mir eine 300 Sinus Watt Anlage mit extra Verstärker. Die Wände in meiner Wohnung wurden mir 25 Zentimeter dicken Schallisolationen beklebt die Türen auch. So das keiner merkte das ich eine Aggressionstherapie machte.

Schon bald wurde meine Stimme anders vom andauernden mitbrüllen sie wurde eine echte südamerikanische Brüllaffen - Stimme.

Aber endlich waren die Aggressionen weg. Das heißt ich war eins mit der Aggression geworden. Nun fing meine wissenschaftliche Arbeit an die Gesellschaft geistig zu erneuern und sämtliche Sekten und Randgruppen freundliche Unterstützung zu gewähren - das heißt ich wollte das, was in ihren Köpfen war verwirklichen .

Vorraussetzung für Erfolg in der Gesellschaft ist natürlich ein immens breites klares Lächeln.

Ein meterlanges Gedächtnis. Das andauernde loben anstatt Kritik zu zeigen und die Fähigkeit anderen deine Vorstellungen so subtil einzufiltern das sie glauben es währen ihre Wünsche und diese Sache wird so gemacht das man den anderen Sekten also alle politischen Gruppen zum Beispiel, oder alle kirchlichen Gruppen die ja nichts anderes sind als Sekten, oder allen Sekten der verschiedenen Glaubensbekenntnisse der Großkonzerne ihnen allen würde Ich Dynamit Noblerpreis - meine herzlichste Unterstützung zukommen lassen - ganz und gar - also total und gekocht - kostenlos.

Dazu musste ich aber erst die Geister der Wissenschaft des Nobelpreises anrufen. Ich musste sämtliche jemals gegebenen Nobelpreisträger zu mir rufen um von ihrem Geist beeinflusst zu werden.

In der physikalischen Wissenschaft gibt es ein Ritual. Dieses Ritual ist klammheimlich und die Öffentlichkeit erfährt nie etwas davon. Aber ich will euch als ehemaliges Erektions – Mit - Glied davon erzählen. Nur so wurden wir Wissenschaftler nämlich solche hohen Geister.

Um das was schon immer da ist zu erkennen - ein Zeichen von Blindheit in uns Wissenschaftlern – gehen wir den Feuerriten nach.
Der Feuertanz.
Nachts – diesmal im Englischen Garten, die Fledermäuse flattern ein wenig nach Dracula.
Ich habe auf Stöcken jeweils ein Buch das den Nobelpreis bekommen hatte festgebunden und kreisrund – wohl bemerkt perfekt kreisrund - diese Stöcke um den Haufen Reisig gesteckt.
Man selber hat sich einen ganz neuen Anzug besorgt und ist frisch rasiert und gut gebadet mit manikürten Fingernägeln. Doch Barfuß.
Das fördert den Kontakt zur elementaren Geisterebene.
Wenn das Reisigfeuer angesteckt ist fängt man an zu tanzen. Und zwar so wie in Kourosawas Film „Die verborgene Festung".
Dann fängt man an zu Singen - Mensch zünde dein Feuer an und verbrenne. Mensch zünde dein Feuer an und verbrenne. Mensch zünde dein Feuer an und verbrenne..Mensch zünde dein Feuer an und verbrenne.
Das wiederholt man bis man in Trance ist und sich auf die glühende Asche des Reisigfeuers setzen kann.
Dann merkt man nicht viel wenn der Anzug abbrennt und die Haare die man vorher mit Schonmittel eingesprüht hat verschont bleiben.
Nun sitzt man nackt auf dem Reisiggeglühe.
Wenn man dann so richtig schön durchgeheizt ist, also liquider flüssiger geworden ist, steht man gelassen auf, nimmt einen brennenden Zweig, und steckt ein Buch nach dem andern an..
Wenn sie alle brennen singt man wieder- Mensch zünde dein Feuer an und verbrenne. Verbrenne die gegenwärtige Idiotie in mir und zünde mein Feuer der geistigen Synthese aller an.
Dann setzt man sich wieder auf die glühende Asche und wartet bis die Bücher restlos verbrannt sind.
Die Wirkungsart erhöht sich wenn das Ritual im dicksten Nebel gebracht wird. Schon deswegen wenn Zuschauer da sein sollten trauen sie sich im Nebel nicht an solche Geister- Stimmung heran.
Bevorzugterweise sollte man aber auf eine Insel dieses Ritual vollbringen. Wir Wissenschaftler haben dafür unsere ritualtechnischen Kubikels - alles staatlich finanziert und unter dem Codename - Numerus Santaclausus voll finanziell bestätigt.
Und da wird alles wenn's geklappt hat sehr wissenschaftlich

undurchsichtig. Welches als Klarheit verstanden werden muss..

Das Zeichen für Erfolg und Geniehaftigkeit ist dann wenn die Nobelgeister sich bemerkbar machen weil sie nun im Buch nicht mehr leben können da es ja verbrannt ist. Sie kommen zu dem Rufer - und sie treten durch die Ohrenöffnungen in den Körper ein.

Wenn sie alle drin sind - dann fängt das typische Ohrengewackel an. Die Ohren werden etwa dreimal so groß. Hier muss man gleich vorwegnehmen das Menschen die sowieso schon sehr große Ohren haben dieses Ritual nicht machen sollten da sonst Elefantenohren an ihrem Kopf hängen was einen wissenschaftlichen Geist fremd erscheinen lässt.

Ist der geistige Ritualtanz vollkommen und eine Synthese innerlich zur Zufriedenheit der verschiedenen Nobelpreisträger geschaffen - kommt das Zeichen des neuen Genie - er bekommt Marty Feldmannaugen - die rotierend dreimal gegeneinander sich drehen und dabei phosphorähnlich glühen. Später wenn er einen geniehaften Einfall hat wiederholt sich diese Farbenpracht mit wackelnden Ohrenbewegungen.

Voll aufgeladen als neues kommendes Genie verlässt man dann möglichst ungesehen diese ruhige Ritualstädte um sich einem genüsslichen Fick hinzugeben. Günstig sind dafür Frauen die sich total dem Fick hingeben können und noch echt Geil sind, wenn sie ein geladene Erektion vor sich haben die ihnen die hässlichen Warzen von der Haut blasen kann.

Denn Entspannung ist nach Ritualen notwendig.

Ohne Entspannung wird es auch keine Dynamiterkenntnisse geben. Doch da die Natur Spannung und Entspannung mit uns spielt sind hier phantastische Möglichkeiten hinter ihre Kulisse und Geheimnisse zu kommen. Davon aber später mehr.

So frisch entladen, gereinigt und aufgeblasen, so wie geistig zentriert durch das ewige Rumoren der nobelpreisträgerischen Vorstellung und Denk und Träum und Anwesenheitskraft beginnt man seinen Akt der zur Erfrischung der neuzeitlichen Schönheit beitragen soll.

Doch ist damit noch nicht endgültig der Genieaufbau beendet da nun ja die Ohren größer geworden sind damit er das Geistesgeflüster besser hören kann.. und die Gehirnwände von innen mit einer Art Laserwaschpulver auf hoch sensibel poliert wurden, denn das Gehirn ist ja die Empfangsstation der Radiofrequenzen für Geniesound - der sich oft als Ur-Knallboogie bemerkbar macht. Erst dann verließen die Nobelpreisträgergeister ihn wieder.

Das macht sich auf solch eine Art bemerkbar die ganz und gar wissenschaftlich begründet ist, nämlich, er, Dynamit Nobel Preis bekam als er morgens aufwachte, eine kleine Mundharmonika.

Sie lag neben ihm auf dem Kopfkissen als er die Augen öffnet. Damit wusste er endgültig dass er nun auf Geniefrequenz war. Das ist alles in den esoterischen Lehren der Wissenschafts- Geheimniskrämerei schriftlich verankert. Das wusste er.

Diese Mundharmonikas sind aus reinem Kristall.

Damit , wenn er die entferntesten Bereiche der Geniiiies erreichen wollte - die ja jetzt schon da sind - aber bloß noch nicht die Decke weggezogen wurde - entdeckt wurden - er darauf eine Kristallharmonika Melodie spielte.

Und die Melodie war-

„Spiel mir das Lied vom Tod"

Ansonsten waren seine zielgerichteten Bestrebungen anfänglich für die Umstrukturierung seiner eigenen Umgebung. Das hieß er betätigte sich in der Vernebelung seiner Umgebung.

Das Haus das er nun am Waldesrand gemietet hatte mit Blick auf die Isar und hinüber zur Metropole ließ er nachts immer in Nebel hüllen. Und auch tagsüber wurde Kunstnebel gesprüht. Im innern diese Hauses gab's keine Zimmer, sondern alles war ein Zimmer. Dort experimentierte er an seinem großen Geniestreich eine neue Rasse von Computern zu erschaffen

Oft musste er Nachtrituale vollbringen. Er legte dann wieder Mötorhead auf, trank den teuersten Champagner, nicht den, den ihr meint, nein, der war, weil er Massenware geworden ist in Wirklichkeit von schlechter Qualität, nein, er trank Champagner der wirklich noch in kleinen Mengen gemacht wurde, mit sorgfältiger Handarbeit und dem besten Wein. Alle anderen Schampanjer panschen ja bloß herum und sind wie die Modeparfüme eine raue Art von Gesöff.

Er soff sich in eine wissenschaftliche Frenzy - spielte dann die Harmonika und merkte wie die Ohren anfingen zu wackeln.

Er war im Moment dabei einen Computer zu entwerfen, der 300 mal so schnell wie der Cray-2 war. Seine Taktperiode ohne Tampons, würde 3000 Nanosekunden betragen und die Speichergröße 3oo mal Hundertmillionen Bit Worte haben.

Er sollte Geschwindigkeiten von 20000 Mio – Gleitkomma - Operationen per Sekunde erreichen. Die endgültige Speicherkapazität würde 5000000 x 10000 Bits sein. Dadurch konnte in einer Sekunde 23 Trilliarden hoch 12 Rechnungen durchgeführt werden. Später sollte noch eine weiter Entwicklung hinzukommen die so viele Berechnungen in einer Sekunde durchführen würde wie es Sandkörner auf der Erde gibt.

Das Problem lag momentan in der Nebeneffektualen Beseitigung von Größe. Der Computer sollte auf ein Kleinstmaß getrimmt werden. Fast am Ende seiner Kräfte hatte Dynamit Nobler Preis dann die brilliante Idee eines Geniiies alles sehr stark zu erhitzen. Und dann in ein Eiswasserbad zu tauchen der Schrumpfeffekt wird dann direkter erzielt..

Und tatsächlich es klappte.

Es gab sehr viel extra Dampf aber der lässt sich ja bekanntlich verdampfen.

Nun brauchte er bloß den Bildschirmtaster auf einen Gegenstand zu legen und schon wurde die materielle Struktur verkleinert. Denn das war das akrobatische Hauptmerkmal seines Plan's. Damit würden nun nicht die immensen Kühlkapazitäten nötig sein die zum Beispiel der Cray 2 braucht weil seine Potato-Chips so dicht gepackt sind und somit so viel schwitzende Hitze erzeugen. Fluorierter Wasserstoff ist bei dem Dynamit Nobler Preis nicht nötig.

Außerdem ganz und gar entgegengesetzt ist nun dieser Computer der MVO 8 genannt wird.

Miniaturen von Objekten bei doppelter Achtung – das ist die Bedeutung dieses Kürzels. Außerdem wog er ganze 200 Pfund. Im Gegensatz zu den 2,8 Tonnen der lahmen Cray Konstruktion. Aber das konnte nur möglich geworden sein weil Dynamit Nobler Preis eben dieses Genie - Ritual, den Feuertanz gebracht hatte. Denn in der heutigen Zeit ist die Entwicklungstendenz so, das mehr und mehr Wissenschaftler weniger und weniger wissen. Das Fachidiotentum und somit der Un - Überblick wächst in solchen Proportionen - das deswegen schon Dynamit Nobler Preis zur Rettung kommen wird. Denn ist nicht euer tiefstes Anliegen die Freiheit von Nichtwissen die Eliminierung von dem tödlichen Produkten - aber vor allem ihren Herstellern.

Ist nicht euer Anliegen ihr Nationalen sowie Internationalen Freunde die Diskrepanzen der Verblutungen der Völker zu beenden.

Ist nicht euer tiefster seelischer Wunsch der Wunsch eine Lebensqualität zu schaffen die frei ist von den Krankheiten sämtlicher internationaler politischer Systeme und deren Befürworter dieser Krankheiten.

Denn Ich Dynamit Nobler Preis - vergesst das nicht tue dieses alles nur um euch zu helfen. Ich tue es nur um klarzustellen das eure Kinder nicht mit der Pistole bedroht werden und vergewaltigt werden. Ich tue es damit die Eltern Vernunft und Überblick haben. Damit ihr - wir - endgültig aus dem Boden der Erde solche Menschen wachsen sehen die so nahrhaft so wichtig so gesund sind wie die wunderschönsten veredelten Früchte und anderen Nahrungsmittel die im Wettlaufe der Zeit ihre Schönheitsoperationen erhalten haben.

Das versteht ihr doch.

Das wollt ihr doch.

Ihr seit doch nicht für Grenzen für hohe Zölle für Zerstörung von Millionen von Tonnen von hochwertigen Lebensmitteln ihr seit doch nicht für eure andauernde Ausbeutung durch so viele Steuern das sogar schon beim Atmen Steuergelder verlang werden. Ihr seit doch nicht für die Einführung von immer mehr und mehr Killmaterialien für noch mehr unfreie Wirtschaft die internationale Barrikaden aufbaut ihr seit doch nicht für die Bepflanzung der Erde mit atomaren Sprengköpfen - insbesondere die BRD - mit 50 % der gesamten Nuklearpower auf ihrem Stückchen Erde.

Jedenfalls war Dynamit Nobler Preis nun auf dem Weg aus dem ruhigen übersichtlichen Dasein seines Weisentums herauszukommen und unter die Helden zu gehen. Welcher Weg der richtige war, war klar für ihn war der Weg der Weisen der richtige . Aber zur Beseitigung der Korruption der Globalen Schlachterei war der Weg des Helden der richtige.

Nun bruzzelte Dynamit Nobler Preis brisant wobei seine Haare wild flatterten an der ersten taktischen Aufgabe. Hierfür wurden sämtliche militärischen Waffensysteme unter die Lupe des mvo-8 genommen. Das so genannte Schrinksystem wurde bei ihnen angewendet. Es war auch ganz einfach an die militärischen Waffensysteme heranzukommen. Er ging in einen Spielzeugladen an der Sonnenstraße und kaufte sich alle Miniaturmodelle – diese wurden dann genau so durch die Geisterbeschwörungstänze den Feuertanz zum Leben gerufen wie die Geniegeister der Bücher. Und in sehr kurzer Zeit hatte er eine Miniaturarmee vor sich die aus Spielzeugsoldaten so gepolt war das sie effektive Kampfmaßnahmen zur höchsten Präzision von Beseitigungen zerstörerischer Elementargeister vollbringen konnte ohne das jemand entdecken konnte wer der Gönner dieses Aktes nun wirklich war.

Die erste Testgruppe für Beseitigung von Blutsaugereffekten im gesellschaftlichen Heucheldasein war die sofortige Eliminierung sämtlicher Kirchen und deren Befürworter...

Ohh ja, da wird unnötiges Blut fließen. Da werden unschuldige ihr Leben lassen müssen. Aber wer bis zur Wurzel kommen will der muss entweder im Gemüseladen kaufen oder sie dem Hasen abjagen.

Außerdem hatte er verstanden wie Außenminister Schultz der USA einmal sagte das in der Beseitigung von terroristischen Organisationen leider auch unschuldige Opfer sein müssen - der alte Opferkult opfere dich für die Größe und sei selbst gar nicht da, leide einfach, wird hier miteinbezogen.

Am 1 Mai 1986 ließ Dynamit Nobler Preis seine Welttruppe marschieren. Ihnen war zuvor eingetippt worden das sie nur nachts marschieren dürften und nur über grasige Flächen und wenn's schon über Strassen gehen musste dann mit extremster Vorsicht.

Der mvo-8 spuckte Tag für Tag Miniaturarmeen heraus die sich dann sofort im dunklen in Bewegung setzen.

Da die Kirchenmütter und Kirchenväter sowieso Reibach mit den Systemen machen gemacht haben und machen werden weil sie ja schon mal Staatsregierungen waren, die größte Macht auf der Erde , waren sie somit auch keines göttlichen Schutzes würdig..

Da sie Gott selber sowieso nicht kannten keinen direkten TV-Anschluss zu ihm hatten weder noch eine Telefonleitung zu Jezuuus ihrem Manipulationspunkt für die Irren Arbeitsgläubigen, verdiente die Kirche auch keinen wahren Schutz. Und so kam der Erstschlag gegen die Kirche immens gut an. Dynamit Nobler Preis lag gemütlich auf der Couch und schaute sich die Zerstörungsshow im TV an. Ein Blutbad ersten Ranges damit wurde dem TV und seinen Zuschauern auch Tribut gezollt im erreichen der größten Sinnlichkeit wieder mal zuhause zu sein. Zuerst wurden jeweils die Zentren der gesamten

Religiosität auf der Erde zerdonnert und keiner konnte feststellen wer es getan hatte. Die Newsmagazine drehten durch. Überall tagtäglich flogen Kirchen durch die Lüfte. Ein besonderes Späßchen war es auch die sonntäglichen betenden Gläubigen mit in die Luft zu befördern.

Die ganze Operation dauerte keine 3 Monate. Die Erde war ohne Papst ohne Dalai Lama ohne Kardinäle ohne Priester ohne ihre gläubigen Unterstützer.

Merkwürdigerweise waren dadurch schon immense Massen an Menschen mit vernichtet worden.

Aber im Kampf für eine gute Gesellschaft müssen schon mal Unschuldige ihre Leben lassen so ist das in der politische Realität.

Man hatte Mühe sie alle schnell genug zu begraben, es stank schon gefährlich und ein kleines Chaos wurde munter.

In den TV Shows alles schön in feinster Farbe lag selbst schon das Blut aus den Kabeln und Antenne. Das war natürlich neu und nur was neu ist was die Neugier aufrecht hält das ist wichtig denn ohne Blut ist der Mensch kein Heiliger.

Man zeigte wie der Papst als er gerade sein Omni Potentus predigte frontal angegriffen wurde aber das war dann auch schon alles der gesamte Petersdom flog in die 12 Stücke.

Ganz natürlich waren die Menschen empört.

Aber im Stillen freuten sie sich.

Denn die Knechterei die Geldabgaben die diese Gläubigen nur weil Gott existierte sollten sie Geld abliefern - nur weil Gott die Welt geschaffen hatte sollten sie beten nur weil sie selber da waren sollten sie denen die schon Jahrtausende lang Meuchelmörder hervorgebracht haben jene die schon seit Jahrtausenden Intrigen und Massenvernichtung vollbracht haben-millionen Menschen wurden wegen deren Gottessicht gefoltert getötet ausgebeutet und gemartert Marterpfahl dem heiligen.

Der Noble Dynamit Nobler Preis schaute vergnügt auf seine blauen Augen. Ihm war so richtig warm ums Herz.

Er wusste ganz genau dass er den Menschen hier einen riesengroßen teuren kostenlosen Dienst erwiesen hatte. Da die Religionen ja selber mitten drin waren in dieser Apartheid der Idealvorstellung einer geeinten Menschheit - die nur so die bald kommende Invasion der kleinen grünen Marsmenschen entgegentreten kann um ihnen zu sagen: „Willkommen ihr Marsmenschen, man sagt uns ihr habt fliegende Obertassen in denen ihr unsere Bräute vergewohltätigen wollt nur weil eure Pimmel grün sind und beim Vögeln piepsen. Aber unsere Kardinäle und Priester und Bosse sie sind sehr gut im Vergewaltigen von Babys und Minderjährigen und Lügen, ja, Lügen, das ist unsere Wahrheit. Das sagte der OberChristPapst.

Nur deswegen, nicht wegen der Verblödung der Menschen durch den großen allmächtigen Gott der sich auch vor Angst vor der Menschheit schon längst aus dem Staub der Erde gemacht hat, nein, dieser Allmächtige der war's gar nicht, es waren ganz klar Lebensprinzipien die die Religionen nicht klarifizieren konnten - da ihr Gott sich ja aus dem Staub gemacht hatte von dem sie so viel schwärmten.

Ja und nun waren sie unfähig solche Kosmowesen gegenüberzutreten.

Der Rest der Gesellschaft war erfreut - schließlich waren über drei Milliarden Menschen umgekommen.

Ganz schön viel wa.

Buddhisten Moslems Christen und alle anderen. Bloß der Laotse der taoistische Träumer und seine Traumtänzer sie wurden verschont.

Und weil's auf der Erde so mächtig stank flog Dynamit Nobler Preis erstmal in Urlaub, nämlich nach den Virgin-Islands.

Dort am weißen Strand liegend ließ er sich sofort darauf ein einen Weltfriedenvorschlag in dem nun leer stehenden schwedischen Nobelpreiskomitee zu erarbeiten. Seine Vorschläge waren kühn kühl und klar. Erstens sollte der Plan gemacht werden diese üblen terroristischen Organisationen sofort einzufrieren dazu benötigt man andere Waffensysteme die nun wiederum die Wirtschaft beflügeln werden. Aber da der Feind unsichtbar war, denn es konnte ja keiner gefunden werden mussten die Waffensysteme auch unsichtbarer Natur sein. Dementsprechend dürfen keine Religionen mehr ihre Häuptlinge unterstützen sozusagen als Vermittler zum gebildeten Volk das aber vom Regieren nur TV - Ahnung und Korruption sowie Strassen und Schiffstaufen kennt. Das muss sich nun ändern der christliche Schamanismus darf nie mehr erwachen. Wir müssen ihnen den restlichen die noch aus ihren Gräbern um Mitternacht ersteigen werden weil ja viele Blutsauger waren wir müssen ihnen Dormedinas verschreiben. Absolutes Alkoholverbot gilt a auch für die christlichen Schamanen die sich nur an der Macht beteiligen wollten und durch raffinierte

Kunstgriffe es auch geschafft hatten sich über Jahrtausende an der Oberfläche zu halten.

Denn nur die Oberfläche bringt es zustande den wahren Inhalt zu verkleiden. Es waren aber nicht nur die Christen sondern auch die Buddhisten die sich durch ihr Wissen an der Macht beteiligten. Auch sie dürfen nur noch im Grab angebetet werden ansonsten sind meine Friedensvorschläge gegen die Moslems die nun Tot sind sehr einfach –Inschalla - Gott wird's schon machen.

Nach dieser ersten anstrengenden Erarbeitung seiner Struktur Friedenslinie -ließ er sich von einer schwitzenden ölig aussehenden Schönheit der Karibik einen heißen Friesengrog einschenken - denn er wollte auch schwitzen.

Nachdem er so, beim Gewinsel des Windes und dem Geschnarche des Meeres richtig in Fahrt gekommen war ließ er Duran Duran auflegen und aus den jadisgepowerten Simulatoren die Rio Platte abzocken--sssssssszt sssss'zzzzzzzzth. Die Pelikane schwelgten im Song die Sonne jodelte im Wasser Palmen träumten von Liebespaaren die sich unter ihnen paarten die ganze Stimmung war eben friedlich. Und so war er auch, eben friedlich, so wies nun mal ein Weltenmensch ist. Denn alles gemorde war kein gemorde es war Präzisionsgeschufte für die neue Weltgesellschaft - es war wachrütteln der Materie die von den Systemen nicht mehr frei genug leben konnte. Die war einfach zu schwerfällig geworden - und die Hauptursache war immer noch

kein Witz im Leben

kein Witz auf der Arbeit kein Witz beim konstruirren

kein Blödsinn

kein Spielen

keine Freude

keine Liebe

kein Leben

Nur Zucht nur Befehle nur Ideen die aus Beton waren sogar die Weltraumschose oder deren Pastoren die damals den Abwurf der Bomben auf die reine Atmosphäre genehmigten. Das ist kein Witz kein Humor das ist Galgenhumos das ist einfache Egoebene die ganz und gar nicht mit uns Kindern der echten Freiheit zu tun hat - denn wir Kinder der echten Freiheit wir sind über den Tod hinaus flexibel. Unsere Individualität ist nicht sichergestellt wie eure durch Renten durch Einkommen - unsere ist andauern unsicher immer in Bewegung und deswegen brauchen wir auch nicht die große Meditation denn deswegen sind wir ruhig die Bewegung ist nur die Welle im Ozean des Lebens. Aber alle die immer nur Arbeiteten und um sich schauten und sogar Ausschau hielten ob nicht einer zuschaut schnüffelt und meint - ehh die da - die sind sich am gerne haben - das ist keine Arbeit - alle jene sind ja nun verschwunden - denn sie waren Gottgläubige - sie glaubten nicht an sich selber. Ihre Chefs die in den Chefetagen die übelsten Sachen erdenkten das waren ihre Heiligen die sie am liebsten vergiftet hätten. Und so hab ich also der Gesellschaft geholfen sich von Kriegsmaterialien zu befreien.

Auf eine kurze Formel gebracht.

Der Weltfriede war nicht möglich die Machtkämpfe der jeweiligen Päpste unter sich der Buddhas der Päpste der Hindus der Christen und der anderen Sekten - wurde systematisch verhindert. Wohl bemerkt es sind immer nur die führenden Köpfe die fallen müssen aber diesmal mussten sie alle fallen. Weil die Mitläufer zu viel Gewohnheitskacke machten keine Erkenntnis auf dem aktiven Markt bewiesen. Die Judenfrage war sowieso klar. Da waren die deutschen Spezialisten. Die Österreicher auch. Aber auch die Sowjets.

Aber auch andere Völker laut Bibel waren Spezialisten in der Judenfrage. Das ist historisch gedingt und gibt den Juden eben die erwünschte Werbung weil sie ja sonst nur Scheiße machen. Die Kacken eben ganz, ganz große Haufen. Die sind so überheblich von sich gewesen das eben die Götter von ihnen ihre Bierschnauzen voll hatten und ihnen eine Levellierung erteilten. Es sind immer die Götter die töten. Denn sie sind die Vermittler zu Gott. Der andauernd mit den fetten Wiesenweibern sein Greul hat. Gott selbst hat sich noch nie die Würstchenfinger schmutzig gemacht.

Oder etwa doch.

Beweis das mal.

Geliebtes Friedensnobelpreiskomitiiiie

Ich möchte mit diesen entzückenden wohlgesonnenen Worten nur andeuten dass nun der Mensch nicht mehr in der Kirche seinen Sinn finden kann. Er muss ihn schon in sich selber oder auf der Toilette finden. Nicht umsonst gingen Jezuzzz Buddha und Mahavir oder auch der verhuuurte Pimmelfritze der muss ein Riesengeschoss gehabt haben - der Mühamed - in die Einsamkeit der Wüste um dort den

Satan in sich selbst zu überwinden - aber zu aller erst zu erkennen. Ja seinen Satan zu erkennen – ich selbst ich bin ja satanfrei ich helfe dieser Gesellschaft ich tue nur gutes deshalb bin ich auch ihr einziger Kandidat für den Friedensnobelpreis.

Servus ihr Holzhacker da oben in Schweden.

Mit Gott Adios.

Ihr Nobler Dynamit Nobler Preis.

Juhuuu, er freute sich. . Ach wie ich mich freu schrie er in die Wellen hinein. Da hinten werden die Leichen begraben und ich lebe hier als Gesellschaft gütiger wohlwollender. Juhuuu.

Legen sie doch mal Dire Straits auf. Ich möchte jetzt tanzen.

Die schwitzende Virgin-Gorda - Frau legte die Platte auf. Dynamit Nobler Preis fing an zu tanzen bis er besinnungslos war.

Als er aus dem Taumel wieder erwachte war er schon wieder auf dem Flugzeugsitz der Tornado die nun inzwischen ihre elektronischen Macken nicht mehr hatte und die extra für ihn gebastelt wurde.

Mensch war das ein getanze schrie er laut.

Doch niemand war an Bord.

Was haben sie gesagt fragte der Niemand.

Ach halten sie ihre fette Schnauze, fliegen sie lieber im Tiefflug damit noch mehrere möglicherweise übrig gebliebenen Kirchen zerschellen ahhh fliegen sie da runter, sehen sie den Schrotthaufen die Berge von Leichen die Hügel voller Rasiermessergekillten die manipulierten Entscheidungen wegen etwas Hartmetall, auch wenn es Tonnen waren, sehen sie das, das ist die Liebe, das wird aus ihr, ein Haufen Schrott.

Doch Niemand sagte kein Wort.

Sehen sie nur zu sie Niemand. Sehen sie die Früchte der Arbeit die Liebe genannt wurde und die Milliarden Menschen am Herzen liegt darauf warten ins Herz geschlossen zu werden, Liebe, wenn es so weit kommt ist alles verloren.

Spielen sie die Bambusflöte Niemand, spielen sie die Töne der Unbarmherzigkeit, sie niemand.

Niemand nahm die Bambusflöte und spielte ganz ruhige Töne denn Niemand wusste das Dynamit Nobler Preis nun zum Punkto kam der ihm sehr am Herzen lag. Die Glücksritter der Gesellschaft - alle die immer jemals und ewig regieren wurden werden die Glücksritter der

Menschheit sein. Das ist klar ersichtlich das wusste er nun, das war wissenschaftlich und wissenschaftlich ist jenes das Tatsache ist, so wollen's die Wissenschaftler jedenfalls.

Die Bambusmelodie war sehr schön, eben diese Schönheit bezirzte ihn wieder und er gab sich der Illusion hin, das die Welt der Menschen einmal so sein würde wie die Realitätsversuche ihrer Illusionen als Real vermarkteten.

Als die Melodie zu ende war legte niemand die Kassette auf die auch die Beatles benutzten jene wo die Grillen so lange Grillten, sie Grillten sich gerade in ihrer Freude.

Seren und mit dem besten Anzug der nun da war, einer aus Hosen und alten Fischschuppen, stieg er aus..

Er wurde vom Weltmeister im Bodybuilding empfangen, beide Geschlechter waren anwesend.

Ahhh, ihr seit meine Berater rief er erfreut aus.

Haben sie meine Gitarre mit, fragte er Conan dem sein Haar Blutrot tropfte vom letzten Kampf mit Tomatenfeldern.

Ich konnte keine Seiten aus dem Buch ergattern in denen die Saiten aus purem Gold waren antwortete Conan. Dabei schwang er wild sein Schwert - wobei er aber seinen Lendenschurz verlor und sich an die Gegend fasste die so viele kleine Samenfäden erzeugte. Die möglicherweise aber auch im Kopf ist.

Ahh, diese Berge dort am Rhein die sehen sicherlich so aus wie die Titten von Sophia Loren als sie noch 17 war meinte Conan nur mürrisch. Mir gefällt es nicht immer mit Tomatenfeldern Schlachten zu führen.

Komm mein Sohn, sagte Nobler Preis, ich geb dir ne Ur-Kunde aus dem tiefsten Ur - als Urkunde - und mache aus dir nun einen sterblichen - du sollst nicht leiden immer nur mit Tomaten zu kämpfen.

Conan sein Laibwächter kniete sich nieder schmetterte sein 68 Pfund schweres Schwert auf den Boden und weinte. Als er sich ausgeweint hatte fühlte er sich erleichtert und dann kam das Lachen.

So ist es im Leben. Die Altenweisen haben Recht Lachen und Weinen ist die gleiche Energie. Man muss bloß aufpassen.

Ok, mein Sohn hier, höre zu ich bin nicht so", leg „Im Down" von den Beatles auf schrie er ganz wild.

Währenddessen schritten die Hirsche mehr als Schatten über die Wiesen die im Licht der Blauen Nachdämmerung den Mond beschauten ganz nahe am Flugplatz vorbei.

Deutsch Amerikanische Freundschaft fing dann irgendwo in der Geschichte ihren Mussolini an zu singen gerade dann als die „Im Down" Serenade zu Ende war.

Alle anwesenden klatschten in die Hände.

Aber es waren noch genügend Kultgruppen auf der Erde.

Kult ist ja ganz nahe zu Kultur. Bloß das Kult als Isolation vermarktet wird jene die sich von der üblichen Gruppenseuche etwas abgewendet haben.

Und von denen gab's noch mehr als genug,

Natürlich war in München ziemliches Chaos-natürlich war über all auf der Erde ziemliches Chaos - das war auch schon so als nur das ganz normale 1985 war. Überall Bekämpfung Terror Mord Raffgier überall Machtkämpfe und alles nur um immer das Beste zu wollen immer nur um bessere Synthesen zu erarbeiten als ob es ein ganz natürlicher Gang der Natur war sich gegenseitig die Ohren blutig zu schlagen.

Aber bloß als ob.

Überall wurden regierende Krisenstäbe entworfen. Überall wurden Sofortmaßnahmen gestartet. Denn es ging darum den finanziellen Wohlstand der Kirche der wie üblich nur von einigen in Machtpositionen benutzt wurde sicherzustellen.

Es erwies sich als äußerst interessant festzustellen wo die Kirche überall ihre Hände drin hatte. Sie war in der dicksten Kriegsmaschinerie tief beteiligt und hatte eigene Banken und sogar den persönlichen Telefonanschluß zum jeweiligen Präsidenten eben auch in der Sowjetisch gehandhabten Diktatur und auch der chinesischen Schlitzaugen Brutalität.

Die Kirchenväter lebten im dicksten Prunk und Komfort in den Schubladen fand man dicke rollen Gelder die Wände waren mit den teuersten Gemälden bestückt die Möbel nur aus erlesenster Handarbeit- -und es gab kein Land in dem so viel politische Kirchenseucherei geheuchelt wurde wie in der BRD -überall fingerten die Kirchenscheinheiligen mit Rum mit Whisky mit Champangnare - sie waren die chinesischen Wäscher des Geldes geworden -Tetzel hatte seine Wiedergeburt gehabt - sie waren gegen die frei Gesellschaft weil dann keine Ehen mehr zu schließen waren - die Tauferei verschwand -weil die Menschen ihre schwerverdienten Gelder nicht mehr durch Staatskapauttmachhilfe einkamen aber glücklicherweise hatte Dynamit Nobler Preis den ersten Teil seiner gesellschaftlichen Pflicht getan.

Und da er barmherzig und bescheiden war ließ er sich nicht dafür anerkennen. Er wollte noch warten. Denn es gab noch viel zu tun. Also packen wir es an rief er dann zu Conan.

Endlich kam er wieder zu seinem Nebelhaus.

Der Computer hatte in der Zwischenzeit gute Arbeit geleistet neue Aktionen lagen fertig geplant auf dem Boden.

Draußen kämpften die überlebenden des Staatsapparates die alle sämtliche Politiker nicht umgebracht worden waren denn ihre Religionsanhängigkeit war nur Tarnung nur Echo nur Konvention nur das Nachthemd das sie trugen um bei der Masse anzukommen und in Machtpositionen rein zu kommen. Einmal drin wurden sie alle zu Steven Spielbergs Poltergeistern.

Auch sein Friedensnobelbrief wurde in Schweden begutachtet.

Man freute sich sehr solch einen Genius in der Nähe zu haben einen der ihrigen jemand auf dem man sich verlassen konnte damit man verlassen ist.

Die Streitmächte der internationalen Militärs waren im Chaos sie konnten keinen Gegner finden denn die Spielzeug Armeen wurden sobald sie ihre Funktion erfüllt hatten wieder in ihren Plastikzustand gebracht. Natürlich lagen überall Panzer Starfighters Soldaten Raketen und anderes Spielzeug herum - aber das fiel in dem Trümmerhaufen der Nationen überhaupt nicht auf. Die Aktion war also ein voller Erfolg.

Bei Dynamit Nobler Preis gab's nun Hochkonjunktur.

Der Computer hatte vorgeschlagen Spezialeinheiten für den nächsten Countdown zu verwenden, da er schwieriger werden würde als der Kirchenkladeradatsch.

Darf ich ihnen ihre neuen Mitarbeiter vorstellen sagte dann der fette Computer zu Nobler Preis.

Hier sind ihre Facharbeiter - sämtliche Spezialkenntnisse liegen ihnen zu Füßen.

Nun gut leg los rief Dynamit.

Als erstes haben wir hier Frau Doktor Klapperschlange der Held aus dem Film die Klapperschlange. Er ist gerissen brutal und unrasiert. Dann folgt Doktor Phil. Winnetou. Er ist gut mit dem Bowiemesser und kann vorzügliche Indianersprache die in Fachkreisen hervorsticht.

Er ist dann noch Doktor med. Dschinghisboot. Er bat die nötige Dynamik rastlos sich nie in Städten festsetzen immer auf der Lauer sein er spricht mongolisch Leger er spricht tibetisch und kennt sich in den Rieten der Schamanen aus. Sehr wichtig da die Rieten der Gesellschaftsglücksritte sehr in diese Bereiche gehen.

Phil. Doktor Prinz Nirostaherz - nun ja er ist durch sein blendendes Aussehen und seine Tatkraft als echter Germanenheld immer ein Freund der unterdrückten gewesen. Es ist gut ihn in der Nähe zu haben wegen seinem Zauberschwert.

Natürlich darf Doktor Dracula nicht fehlen.

Wie sie übrigens bemerkt haben, haben wir es hier mit Doktoren philosophischer Professurheiten zu tun. So wie die Glücksritter der Gesellschaft es auch in Wirklichkeit sind.

Nun Dynamit Nobler Preis ihre Strategie die Gesellschaft von ihren Sorgen zu befreien wird nun einen Schritt vorwärts kommen. Ich rate ihnen die gesellschaftliche Akupressur anzuwenden. Sie müssen die Punkte drücken wo das übliche Ohrensauen ist sie müssen wegen erbrechen zum Beispiel an einer anderen Stelle drücken und zwar mächtig.

Bei gesellschaftlichen Bandscheibenschmerzen müssen sie woanders drücken. Jedenfalls haben wir dafür jeweils die Spezialeinheit. Die Truppe sticht alleine deswegen schon hervor weil sie so unwiderstehlich integrationsunfähig aussieht. Alle sind Stars aus der Vergangenheit bloß damals waren sie noch keine gesellschaftliche Würdenträger mit Titeln. Nun kommen sie deswegen überall sofort rein. Denn vergessen sie nicht wer den Titel trägt den fragt man nicht denn dort wo das geistige herrscht, herrscht Blindheit und weil Blindheit herrscht passiert auch so viel Blindes in gesellschaftlichen Entscheidungen.

Also die nächste Schlagaktion heißt deswegen Operation Gesellschaftsakupressur.

Dynamit war zufrieden. Er glaubte dem Computer auf's Wort. Denn da war keine Ungereimtheit in seiner Sprache.

Und die Menschen glaubten nun mal dem der logisch argumentierte oder Vernunftsmanipulation beherrschte. Das war nun mal so.

Dich eines noch Mister Dynamit - rief der Computer ja, antwortete Dynamit sie haben vergessen die Mächte der schon gelebten Seelen zu rufen, sie brauchen mehr Geniiies da fehlt noch jemand den ich nicht gestalten kann.

Ahh besten dank Computer rief Dynamit

Er ging aus dem Haus setzte sich auf die mit Weinranken überwachsene Gelbe Bank und holte die Kristallmundharmonika hervor--dann spielte er das Lied vom Tod ganz vorsichtig sofort war ihm als ob ein Engel zu ihm redete die Weinblätter fingen an zu glänzen und funkeln und überhaupt es war so als ob er schwebte und als er mit dem Lied zu ende war, war er in solch einer guten Stimmung das er ganz vergaß weshalb er überhaupt das Instrument gespielt hatte und so machte er weiterhin Mundharmonika Musik. Er spielte Steve Wonders Solo zu „i must be talking to an angel" von den Erythmics.

So besseeeelt saß er versunken im funkelnden Glückstraum dort in seinem Nebelgarten. Bis auf einmal eine Gestalt aus dem Nebel auf ihn zukam. Ernüchtert schaute er zu wie die Gestalt zu ihm kam und anfing zu sprechen.

Du hast mich gerufen Chef sagte sie, wie, ich dich gerufen - ach so ja - ach so funktioniert das ja ich komme aus dem Reich der Genies deine Musik hat mich materialisiert - darf ich mich vorstellen mein Name ist Jerry Baumwolle. Special Agent für das fbi. Aber nun unter ihrer Flagge.

Ja Jerry Baumwolle zeigen sie dieser Gesellschaft wie man aus München New-York macht und aus der brd Kalifornien und aus Europa die usa...

Jerry Baumwolle lachte, kratzte sich schauspielerisch am Nacken dann sagte er - Dynamit ich bin hier um den schmutzigsten Fall der Menschheit zu lösen, das weiß ich denn ansonsten hätte man mich nicht aus dem Turboleben den Nachleben dem Nachbrennerleben geholt in dem ich anfing so richtig in Fahrt zu kommen. Es geht um die übliche Raubritter Glücksritter Situation stimmt's...

Sehr gut erwiderte Nobler Preis.

Wieder im Haus war nun der gesamte Krisenstab zusammen und beriet die nächsten Schritte die der Computer auf's Papier gebracht hatte.

Meine Herren - es tut mir leid sie zu bemühen fing Dynamit sein Gespräch an - aber politische Wirtschaftsdemagogen sie wissen was gemeint ist, alle nickten, Conan reinigte seine Finger mit der Schwertspitze - hätten sie etwas dagegen - darf ich sie bitten - würden sie so freundlich sein - sie wissen das wir keine Bewunderung für die Universitäten die zerstörerische Geniies züchtet haben - sie wissen das wir nicht das gleiche bewundern wie jene die Raketen aus Katalogen bestellen, die Millionen Tonnen Obst Gemüse vernichten damit die Preise hoch bleiben wo andere verhungern - sie wissen das solche Aktionen nur denen dienen die ihr Überlegenheitsgefühlkomposium in dieser saumäßigen Art zeigen als Macht sozusagen,

Das ist nicht unsere Art

Doktor med. Dschinghisboot stand auf nahm den goldenen Zahnstocher aus dem Mund dann sagte er - ja, wir zollen den Militärs höhnische Anerkennung - sie sind doch zum Apfelpflücken zu blöde.

Alle grinsten.

Prinz Nirostaherz meinte noch gelassen - wir wissen dass wir hier hergeholt wurden weil wir dem Leben Freundschaft und Freiheit weiter entfalten helfen wollen. Dadurch werden wir es schon schaffen dass die Gesellschaften der Erde Loyalität – Ehrlichkeit – Initiative Optimismus und Zusammenarbeit haben..

Yeahhh grunzte die noch unvorgestellte Diplom Psychologin Vagina Brunfthilda.

Wir müssten auch berücksichtigen das die Möglichkeit beabsichtigt sehr hohe Dosen Vitamine – Mineralien zu geben. Dadurch lässt sich angeblich sogar Atomkrieg und Korruption genesend machen.

Wer hat das gesagt rief der Computer-

Ich war's Blechkopf rief Dracula.

Das ist falsch sagte der Computer - denn die herrschenden Glücksritter in Doktor und Professorentiteln gehüllt sind mittlerweilen zu verseucht sie fressen Tag und Nacht diese Gesundmacher deswegen sind sie auch so Raubritterisch geworden.

Dynamit übernahm wieder die Gesprächsinitiative. Wir müssen herausfinden wie die Geheimdienste der Erde funktionieren - dazu hat unser Computer wieder edlige Spielzeuge erzeugt - sie haben die Fähigkeit sich auf alles was Spionage und Geheimdienstaktivitäten mental zum Vorschein bringt zu bemerken und sich deren Geistes-wellenfrequenzen anzueignen - das wird dann jeweils einem Mini-computerträger überwiesen den ihr Auserwählten bei euch tragen werdet.

Mit der gesammelten Information werden wir dann wieder den Com-puter speichern der uns dann den Vernichtungsschlag auskalkulie-ren wird. Die Sache ist sicher wie der Tod.Der kein Tod ist.

Hier sind ihre Geräte - sie sind nicht größer als eine Zigaretten-schachtel -aber seien sie vorsichtig da kommt sehr viel Energie auf sie zu.

Die Geräte wurden ausgeteilt.

Und nun zu den Spielzeugen des Computers.

Sehen sie diese Luftballons dort im Kasten - gehen sie hin und neh-men sie jeder einen und blasen sie ihn auf.

Alle waren nun am blasen, sie bliesen den Luftballon auf.

Doch als die Ballons nun aufgeblasen waren fingen sie an sich von selbst zu verändern sie bekamen auf einmal die Gestalt einer Person männlich oder weiblich die wunderschön waren sie waren die Ideal-menschen die sehr Magil und voller Witz waren so das sie starken Magnetismus ausstrahlten und dadurch hatten sie auf einmal einen mythologischen Touch..und auf den fliegen Geheimdienste weil sie sehr Mytho Logische Sphären leben. Doppelagenten sind jene die die zwei Seelen im Menschen versuchen zu verwirklichen. Natio-nale Agenten sind jene die die Nation immer noch als das höchste betrachten so wie damals die Kirchenleichen meinten das Galliläo Unrecht hatte die Sonne dreht sich um die Erde. Jedenfalls wenn diese Ballonmenschen sich dem Agenten nähern merkt er nicht das eine synergetische eine zusammenwirkende Austauschenergie von der ihm Wirklichkeitsseienden Puppe ausgeht - denn dieses Gummi ist eine neues Material das sich mit der Gedankenspeicherung der Erkenntnis von Geheimdiensten ernährt - bis sie satt sind und auf einmal platzen - in dem Moment wird die gesamte Erkenntnis trans-zendental - sie wird in ihren Computer geleitet. Hoffentlich halten die Chips es durch und werden nicht schwach so das ihr Computer selbst zum Spion in uns wird. In diesem Fall können sie ihn nur mit einem gezielten Bowiemesserwurf zur Strecke bringen. Aber Freunde das wäre wirklich nur die letzte Aktion. Wir brauchen die Information.

Ach Freunde rief Dracula wie wäre es mit einem kleinen Erfrischungstrunk, natürlich - und so schenkte er den andern jeweils ein Gläschen erfrischenden Draculatrunk ein.

Bloß Nobler Preis trank nicht. Stattdessen ging er wieder in den Nebelgarten und betete - er sagte das sich alles in Wirklichkeit nur um dich dreht wird mir von Tag zu Tag klarer ich geh andauernd in der Runde die Erde geht andauernd in der Runde die Sonne geht andauern in der Runde das Weltenall geht andauernd in der Runde alles dreht sich um und für dich - es kommt mir tagtäglich mehr vor das ich ein Sklave für dich bin auch in meiner allergrößten Freiheit die gewaltig unendlich und brilliant ist - trotzdem je mehr Freiheit je mehr geht's um dich zeig dich doch mal ich möchte dir persönlich danken.

Ahh das hast du noch nie gemacht ich hoffe du segnest uns mit unserer Akupunkturpressuraktion genauso wie die Christen Juden Islamis oder Buddhisten ihre Soldaten gesegnet haben im Namen von dir den sie entworfen haben der aber nicht dein wirklicher Name ist – sie haben deinen Namen blutig gemacht sie haben dich verseuchen wollen.

Die Kirchen und ihre Steuern haben wir ja erfolgreich demoliert. Das ist sicherlich zu deiner Freude. Denn da war die Lüge zur Wahrheit geworden.

Ohne auf Antworten zu warten drehte er sich um und sah wie eine doppelschwarze Katze vor ihm mit einer Ratte im Mund den Weg überlief.

Seine Augen wurden sehr groß - sollte das etwas ein wissenschaftliches Omen sein - Niederlage anstatt stehen.

Dann fing auch noch ein Wolf an zu heulen - der muss aus dem Bayerischen Wald Nationalpark entkommen sein dachte er.

War das die Antwort von ihm um den sich in Wirklichkeit alles dreht ist ihm schwindlig geworden.

Aber Dynamit war nicht jener der sich Sorgen machte denn er wusste dass er immer in jeder Situation on Top of the World saß. Yeaaaah.

Dann öffnete er die Tür zum Konferenzzimmer und siehe da.

Er sah nur Köpfe und zwar von oben nach unten hängend.

Und was er nun sah da konnte er wirklich nur noch laut sehr laut loslachen - sofort ging er zum Schrank und goss sich einen Jamaika Rum ein - volles Glas natürlich und trank es in einem runter. Begleitet wurde er von einem tiefen Geschnarche. Da hingen doch seine

Spezialisten mit den Füßen an der Decke und waren im Tiefschlaf. Natürlich kannte sich Dynamit in solchen Situationen aus. Er wusste was es war. Natürlich Dracula er kann es nicht lassen seinen Fledermausdrink zu servieren natürlich mit zu viel Fledermausblut.

Dynamit ging zum Musikplatz und legte eine Scheibe auf die allen Rockfans bekannt genug ist damit sie nun sofort Bad Moon Risig von Creedence auflegen können. Dann saß er da und schaute sich seine schnarchende Heldentruppe an.

Währenddessen seit dem Kirchendilemma der völligen Vernichtung des Falschendenkens das nur Ausbeute der Massen ist von schwulen Päpsten und von bisexuellen Buddhas oder antichristischen Judenchamälions -waren mehrere Jahre vergangen mhhhm, was wollte ich da nun eigentlich sagen, ok, Neuanfang.

Also es waren mehrere Jahre vergangen.

Die Berufsethik der Politiker Korruption Heucheln Geldwaschen Abhöranlagen und atombombige Entscheidungen zu treffen mussten sie aber von Jahr zu Jahr mehr mit Isolation bezahlen ihre treffen waren immer schwer bewacht und ihre Frauen waren sehr unglücklich darüber überall waren Scharfschützen.

Die gesamte Luftwaffe der Nationen schwirrte immer noch wie wilde Bienen da oben in den Lüften - so als ob ein Wespennest mit nem Stein getroffen wurde und die Wespen nicht herausfinden können wer was wo wie. Sie summen bloß Zick Zack hin und her so war die Luftigkeit im Flugverkehr nun auch.

Jetzt, alle Nationen Zickzackten wie besessen am Himmel gerade jetzt musste ihm das passieren mit diesem Fledermausblut.

Er sah schon diese Aktion schwer, schwer fehlschlagen.

Er sah schon die Grabsteine mit sehr, sehr langen Schatten.

Deswegen schüttete er sich nochmals das Glas voll diesmal mit Alberta Springs Sipping Whisky - das beste das es an Whisky in Nordamerika gibt Jack Daniels ist dagegen raues Spülmittel.

Jerry Baumwolle wuchs schon die Kleidung aus den Ohren Conan hatte keine Schlagkraft mehr da war Dracula auch nur Liebe auf den ersten Blick für Leichen. Winnetou hatte seine Indianerfarbe verloren kurz gesagt sie waren alle zu Lumpenhändlern degradiert. Aber danach stelle sich die Frage sind Lumpenhändler nicht sehr nützliche Menschen. Und das waren sie.

Sofort goss sich Dynamit den Exekutionsdrink ein. Das war ein viertel Whisky ein achtel Oberweite und ein drittel Potenz.

Als er den schluckte wusste er wieder wo's lang geht.

Sofort mischte er seine ach das war ja schon das war ja schon passiert - also mischte er seine Gedanken wie neu beim Skatspielen - die Spezialtruppe hing immer noch tief schnarchend an der Decke.

Da aber Dynamit Nobler Preis ein echter Könner war jemand der nicht sofort seine riesigen Genieohren hängen lässt wie ein trauriger Afrikaelefantenbulle nachdem er blau wurde - musste er erstmal seinen frustrierten Energien freien Lauf lassen.

Natürlich wusste der Computer davon dass sein Freund sauer war und so rief er dass er nun seinen Bogartlook anlegen müsste und den Geigenkasten nicht vergessen dürfe.

Gut angeregt durch den Cocktail tat er das dann auch nur um seinen gute Tat Koller einen Volltreffer werden zu lassen.

Mit leuchtenden kullernden Augen trat er dann aus dem Nebel des Isarhauses. Seine Ohren flatterten aufgeregt seine Augen drehten sich in entgegen gesetzte Richtungen das Genie erwachte in ihm wieder und wenn das Geniiiiiiie erwachte war Dynamit Nobler Preis nicht mehr zu halten.

Sein Spaziergang führte ihn auf die Leopoldstrasse es war Hochverkehr die brilliante gute Tat Panik konnte beginnen er würde nun anstatt über den Zebrastreifen normal über die Strasse gehen mitten irgendwo über der Strasse er wollte ihnen eine Lektion erteilen die gute Tat tat er nur damit die Gesellschaft besser wird defensives fuhren zum höchsten Gebot wird denn es war klar die Autofahrer gehörten hinterm Steuer zu den Vollbluttieren sie waren so der Gewohnheitsfahrerei verfallen das sie den Menschen gar nicht mehr sahen sondern nur noch Ampeln oder Zebrastreifen an Kreuzungen -deswegen waren sie auch wie angewurzelt blöde wenn ein Mensch anderswo die Strasse überquert und das darf es nicht geben der muss beim Zebrastreifen überqueren denn ansonsten gehört er zum Freiwild und zu oft hatte Dynamit erkannt das die Autofahrer rücksichtsvolle Rücksichtslosigkeit bevorzugen und auf den Strassenüberquerer zufahren in dem Motto du wirst schon zum Olympiateam der Springer gehören wenn ich mit meiner Blechbeule auf dich zusteuere - sogar alte Omas die jahrzehntelang gejoggt hatten verloren ihre Zahnprothesen im Hechtsprung auf den ausgeleierten Bürgersteig - ganz zu schweigen von den armen nichtdeutschen die die Freiwildfahrerei der deutschen Nazi dreiverei nicht kannten denen standen die Knie schlotternd im Fahrtwind wenn mal wieder einer rasiermesserscharf an ihnen Vogel zeigend vorbeidüste - der Verdacht lag nahe das die Autos im Stadtverkehr eine Pflichtschaltung haben müssen die dann das Überschreiten von Beschleunigungseuphorie nicht mehr möglich macht Kriechverkehr sicherlich aber gesunder für alle.

Die Krempe des Bogarthuts wurde nach hinten gedrückt weil ein böser Fönsturm nun über die Leopoldstrasse dröhnte.
Bogart Nobler Preis - ja das war sein neuer Name legte die Lippen zurück -blinzelte in Fahrtrichtung rief seine Segnung zur nun engelsgleichen Ingrid Bergmann und ging dann seelenruhig über die Leopoldstrasse ganz klar wie unklar machender Wodka schoss einer im bayerischen Dröhngemüt auf BMW schnurrgerade auf ihn zu grinsend lag der Fahrer in seinen Sitzen Bogart riss mit der linken Hand seinen Trenchcoat der nun schon ziemlich ausgewaschen war zurück - spuckte auf den Asphalt - machte dann einen flinken Satz nach linksum gerade noch im letzten Moment dem Strassenrechthaber so ist das recht nun mal- auszuweichen doch noch im Flug zog er den Geigenkasten hervor und feuerte eine lange siegessichere Salve mit 44 Smith und Wesson Kalibermunition - starke Ballerhelden auf die Hinterräder des silbernen BMW's. Der fing an zu schleudern raste um seine Achse fing sich Sekunden und donnerte gegen einen Werbelitfasssäule die sofort zerbrach - und zum Vorschein kam ein Bulle - tatsächlich einer mit echten Hörnern sein Horn war lang und rosa da saßen die Bullen also in den Litfasssäulen sollten schnüffeln lasen aber die amerikanische Penthausausgabe und Onanierten jede zwei Stunden einmal.
Die Menge auf den Bürgersteigen stiegen auf die Bürger und klatschten Beifall.
Bogart zeigte seine Geige lachte spuckte auf den Asphalt und musste in dem Moment wieder einem Mercedesfanatiker ausweichen wieder lag Bogart auf dem Asphalt und feuerte aus dem Flug doch der Mercedes fuhr weiter ohne auch nur einen Kratzer abzubekommen.
Die Menge schrie auf denn schon wieder kamen mehrere Autos auf Bogart zu gesaust.
Bogart blieb stehen und feuerte aus allen erdenklichen Rohren obwohl er nur das eine hatte das war die einzige Art und Weisheit die

Strassen Verkehrssicher zu machen - alle Autofahrer Plattreifen zu schießen - sie so auf dem laufenden Reparieren zu halten.

Seine Augen drehten sich wieder im Kreis seine Ohren flatterten - das war Geniiiiii das war göttliche engstasse.

Unbemerkt zog er sich dann aus der Menge zurück das übliche Leopoldgemetzel hinter sich lassend.

Obwohl sein Haus an der Isar direkt gegenüber dem englischen Garten immer in Nebel gehüllt war hatten die Behörden noch keinen Verdacht geschöpft. Man konnte eindeutig erkennen das sie schlecht hörten die Behörden und das ihre Schöpflöffel nämlich selber schon der Korruption unterwandert und, und der Antioberbelehrungsautorität zugestimmt hatten. In Wirklichkeit versuchten sie alle ihre Finger in die Knete die Moos genannt wird zu stecken und ihre Büros in Orgientempel zu verwandeln.

München war stark am kommen. Das ist so mit Landeshauptstädten auch Bogart Nobler Preis hatte schon mehrere Anträge für staatliche Subventionshilfe in Millionenhöhe angefordert.

Doch zuerst wollen sie selber die Massen absahnen war die klare direkte Antwort vom Chef der immer nur Bier und weiße schwarz gehandelte Weißwurst fraß.

Schon aus 300 Meter Entfernung hörte Bogart dann aus seiner Isarvilla den Computer ihm entgegen rufen und hurra Rufe zu schreien.

Bogart Dynamit Nobler Preis fühlte sich als ob er, er selber wäre.

Er warf die Kleidung von sich ließ sie dort liegen wo er sie auszog und kam nackend am Haus an.

Zuerst eine Dusche - er duschte nur in Champagner und zwar Wanner –Bouge der muss lange gelagert werden bevor man ihn trinkt er muss richtig zur Ruhe kommen - dann einmal kurz ankühlen und Mensch du wirst engelhaftig tierisch.

Ununterbrochen summten die Düsenjäger am Himmel.

Ich bin auf dem Weg ins Paradies sang Dynamit Bogart meistens unter der Champagnerdusche - auf der Highway ins Nichts - dass das größte ist denn Materie ist im Verhältnis zu Nichts fast 99 Prozentig im Nachteil es gibt mehr Nichts als das es etwas gibt - meistens kriegt man sowieso nichts.

Schon Goethe wusste dass das schönste Leben eine Plackerei ist.

Wenn Goethe es weiß einer dem es gut geht dann wissen es jene denen es materiell Dünnschissig geht sicherlich.

Doch die Behörden pennten nicht sie mussten ihre ergaunerten Vorteile verteidigen.

Als Bogart der sich nun langsam unterm Champagner wieder zum wirklichen Menschen verwandelte und sich eben verdammt gut fühlte und vorkam und wusste das es so war das konnte ihm keiner nehmen - trotz Neider zottiger Eifersucht trotz impotenter Bullen da klopfte es sehr, sehr stark an der Duschtür die aus Glas war - die Wände wackelten so zu sagen-Doch der Klopfer der Streit – Streit – Streit – Streit - Kräfte wusste nicht das Bogart menschlich seine glasigen Duschkabinen aus schusssicherem Glas anfertigte. Er hatte das Haus mit seinen eigenen Fäusten aufgebaut.

Nachdem das Haus wackelte wusste er dass jemand sehr kräftiges dort sensibel angeklopft hatte. Er schob die Tür zurück und siehe da Schimanski stand da grinsend und sich an die Bälle fassend.

Sind sie Bogartmensch fragte er.

Nein ich bin eine sanfte Frau antwortete Bogart.

Und in dem Moment krachte die Faust von Bogart auf die Stirne von Schissmannski. Der lag wie vom Hammer behämmert sofort auf dem Boden.

Der Computer im Zimmer laberte etwas von Hurra Hurra youre zee greatest wirklich.

Doch dann war instand Stille.

Draußen hatte sich eine mächtige Wolke gebildet und ein UFO lag in der Luft das wusste unser Held nicht doch der Computer wurde schwach denn der UFO hatte einen insterstellaren sonsorischen weichkäsechipmunkcomputer an Board.

Doch Bogart Dynamit Nobler Preis der sich mehr und mehr in die Richtung dessen entwickelte was er wirklich war fühlte nun auf einmal zum ersten mal etwas—aber er wusste nicht was etwas war.

So schrie er laut - ich glaube einfach nicht dass das das Beste ist was menschlich sein soll - doch ich weiß das im Leben nichts Besseres erreicht werden kann.

Die Fähigkeit zur Schauspielkunst aus sich herauszukommen bist auch du es ist kein Schauspieler sondern immer du rief der Computer schon ziemlich schwach werdend.

Dynamit Bogart merkte wie es irgendwie nach Käse stank da stimmt was nicht fragte er sich.

Im Handtuch dem hellgrünen gehüllt stand er im Zimmer die Helden-truppe schnarchte immer noch - doch eine merkwürdige Mutation war mit ihnen passiert - sie waren in ganz dicke Kokone gehüllt als ob sie Seidenraupen vorher waren.

Auch diese Störung traf unseren Helden nicht - alles war Bewegung und Neuheiten waren sozusagen Futter für seine Altheiten.

Doch sehr ulkig sah es schon aus Seiden Cocones hingen da an der Decke Was war bloß mit den Geniiies los die er mundharmonisiert hatte. Prickelnd schaute er in die Richtung dicker Nebel und Wolke die da draußen war.

Er wusste nicht dass da draußen die allergrößte Gefahr für ihn und für Bayern bevorstand - es waren nämlich die interstellaren saupreu-ßischen r.l.dione.

Jeder der nicht weiß was das sein könnte sei hiermit ins Licht - dem diabolischen denn zum Beispiel der Wagenname Mazda ist aus dem tibetanischen mongolischen gekommen-Er bedeutet so viel wie Lichtbringer doch in einer anderen Kultur ist der gleiche Begriff ein Symbol für den Satan - Licht bedeutet für die Satan – mit anderen Worten das Dunkle hält sich für göttlich und sieht das Lichte als di-abolisch an wogegen die andere Seite entgegengesetzt funktioniert somit war klar das beide noch bleihohe Kopfschmerzen hatten.

Der Sinn war klar die außerirdischen waren die einzigen die sich trau-ten die innerirdischen Verquickungen zwischen Industrie und Politik auf zu klären - unter anderem war auch die Mafia mitten drinnnnn.

Merkwürdig fragte er sich vorsichtig warum stinkt es hier nach Käse.

Der Computer fing an zu blubbern.

Der will mir was sagen sagte sich Bogarts Dynamit Nobler Preis.

So legte er seinen Kopf auf den Computer und hörte zu.

Mit riesigen ihresgleichen feinen Ohren und rotierenden Augen staunte er was er nun zu hören bekam..

Als erstes war der Computer Käseallergisch – dann war noch die interstellare Macht in großer Nähe - man nannte sie die bayerischen Saupreußen.

Der Computer meinte das wären reinste Materialisten.

Doch Bogart Nobler Preis wusste das alles Materie war selbst Anti-materie Materie ist ja bloß ein Begriff für etwas Existierendes.

Und da alles existiert ist auch alles Materie. So einfach war das für ihn.

Das UFO schwebte in einer wunderschönen Wolke die so aussah wie die feinsten Gemälde von sonnigen Nachmittagen in denen dicke Kumuluswolken schwebten während Paare auf einem See in Glasruderbooten ruderten und dabei waren sich aufzugeilen indem sie mit ihren Zehen an den Treffpunkten der Oberschenkel spielten natürlich jeder beim andern.

Ein sehr hohes vibrierendes Geräusch war zu hören - merkwürdigerweise wurde das Geräusch nur bis über das Grundstück von Dynamit Nobler Preis Bogart ausgestrahlt und auch gehört. Die Nachbargrundstücke hörten davon gar nichts auch sahen sie gar nichts davon. So ging um Bogarts Grundstück das Leben seinen normalen Gang ja die Menschen schauten sogar mal herüber zu seinem Haus während sie ihre Sonntagsspaziergänge entlang der Isar machten lächelten erzählten ihre Geldgeschäfte jemandem aber sie konnten nicht bemerken das Bayern nun eine nationale Krise erleben sollte.

Weichkäse Chipmunkschips das war das Beste womit interstellare Wesen sich ausrüsten konnten. Das wusste Dynamit Bogart er war schließlich ein Geniiie. Und Geniiies wissen nun mal so viel das die andern Ohren zu und Mund offen aber blind mit offenen Augen Menschen immer nur sagen konnten das ist doch a Depp oder der ist Blöde der ist idiotisch im Fach und dergleichen.

Geniiies sind nun mal keine die sich von Chefs erzählen lassen müssen wie die Zukunft aussehen soll und das alles in Konferenzsälen damit's demokratisch aussieht wo aber nur nach den Kriterien der Firmen gelabert wird. Geniiies hatten die Fähigkeit alles durcheinander gemischt chaotisch in Ordnung zu sehen sie wussten das Tausende von Lösungen die besten waren deswegen waren Geniiies auch so zerflattert Ideen folgten Ideen Einsichten folgen Vorsichten Taten wurden zu Denkmälern.

Und weil Geniiies alles was als statisch als Norm und als sozusagen zuendeproduktiert eben als die Sicherheit schlechthin durchschauen können - das ist eben das Bedürfnis der Gesellschaft Endlösungen zu finden da sind die BRDler vorbelastet aber alle anderen Industrie und Bettelstaaten streben konstant das gleiche an - eine Endlösung zu finden weil er das durchschauen konnte wusste er das es niiiiiie eine Endlösung geben wird-jeder Versuch das zu erreichen wird scheitern - es gibt nur eine wunderbare rosarote Sicht der konstanten Erneuerung - und deswegen war eben alles statisch - weil alles immer in Bewegung war - und wenn man so die Totalität sah war sie eins - möglicherweise zu viel Fledermausblut war damals als in der Ur-Küche die Welten zusammengebraut wurden beigemischt worden -deswegen schlafen die Gesellschaftsglücksritter die Verbesserer die jene die ganz groß schreien das sie die Lösungen für die Kur des immer kranker werdenden Universums haben.

Und nun kam also eine intergalaktische gack gack Mentalität auf Bayern zu.

Plan Gesellschaftsakupressur musste erstmal beiseite gelegt werden.

Schimanski lag immer noch flach.

Die Helden schliefen immer noch an der Decke.

Und dieser Käse Gestank wurde schlimmer.

Als aber Dynamit Bogart nun nach oben schaute sah er das Dilemma.

Sofort nahm er die kristallne Mundharmonika heraus und spielte das Lied vom Tode.

Während also hier an der Isar eine galaktische Entscheidung bevorstand was wollten die eigentlich von ihm.

Während es also für Bogart musikalisch brenzlig wurde redeten sämtliche noch existierenden Politiker zur gleichen Zeit vom Abbau der atomaren Waffensysteme wenn man sie wählen würde - sie redeten das schon seit dem Ende des zweiten Weltkriegs hatten es fest in ihr Wahl-Programm eingebaut-aber mit der bewussten Absicht - sobald sie vom dummen blöden stupiden Volk das aus Ingeneuren aus Doktoren aus Professoren aus Künstlern aus Medizinern aus Werkzeugmachern aus Psychologen aus Rennfahrern und aus Bauern bestand - die denen das doch immer noch glaubten und seit 1945 immer die gleiche Kacke wählten - die müssen wirklich das StupideÖdeVolk sein - also global die gesamte Menschheit dieser Wähler also sobald sie gewählt waren kräftig weiterzurüsten damit das Leben auch einen bombigen Sinn hat das versteht sich nicht wahr - das kapiert doch jede Eule die massengebildeten hörten dann mit offenen Augen und Ohren zu -Speichel der Freude der Lust lief dann aus ihren Mäulern - das war Musik in ihren Ohren-Versprechungen waren für sie gleich Wirklichkeit sie glaubten die Werbesprüche das was sie auf den Werbeplakaten sahen- obwohl nie jemals ein einziger Mc-Donald Hamburger jemals so gut frisch knackig und appetitlich ausgesehen hat wie auf den riesigen Werbeplakaten geschweige denn je schmecken würde.

Der Fehler war ganz klar - der Mensch erliegt seichte und sicher der Fantasie er hat von Tag zu Tag weniger Wirklichkeitssinn weniger Wahrheitssinn weniger Tatsachensinn die Phantasie hat sie besiegt.

Worte machen aus ihnen abhängige Fettbauchschweine die nun alle wie Wanzen Sport treiben damit sie auch im Ernstfall kriegsfähig sind.

Sie leben andauernd auf Kredite. Die Gespräche der Politiker der Wirtschaftsbosse sind eigentlich Kredite die man von eurem Leben abzapft damit sie ihre Wahnideen der Macht und Ignoranz verwirklichen können~ und so redeten die Politiker weiter von den besten wirksamsten Phantasien die die Massen benebelten.

Das war auch einer der Hauptgründe weswegen nun das Haus von Doktor Dynamit Bogart so unbeachtet war - denn die Hauptinteressen waren nun mal die tägliche Glotzerei und Zuhörerei am Gequassel der politischen Fettwänze.

Und so war er nun auf sich selbst gestellt.

Der Käsegeruch wurde immer stärker.

Sogar die Wolken der Nebel fing an zu husten und sich ein Tuch vor Mund und Nase zu halten.

Schimanski fiel in seiner Ohnmacht noch mal tiefer in Ohnmacht das machte sich so bemerkbar das er einfach 30 Zentimeter tiefer in die Erde sackte.

Das war auch Bogarts schlimmste Befürchtung er hatte schon geaaahnt dass sie die Erde einmal so stinkend einnehmen wollen denn Gestank fällt nicht mehr auf - das war deren Methode mit Gestank könnten sie sich leicht einschleichen.

Er aber hatte sich sensibilisiert hatte noch nicht den irren Ideen der Stadtneurotiker Einfluss gelassen das nämlich der Naturgeist sich nach dem Menschengeist richten muss das die Natur sich nach dem Menschen richten müsste - das ist die größte Größenwahnsinnige Illusion die die Mitwelt bloß noch verseuchter kranker macht und kranke Mitwelt bringt kranke Menschen zum Vorschein das ist Tatsache Wahrheit Wirklichkeit.

Er wusste noch das gesunde frische Natur die beste Erholung der beste Aufbauer war da nützen alle Massagen oder Blasarbeiten der Masseusen nebst sämtlicher angeblicher freier Sex überhaupt nix Aids ist die Folge - Pest oder Syphilis - Krebs und Herzinfarkte.

Es musste bloß noch mehr verseucht werden noch mehr politisch kapitalwirtschaftlich gelogen werden - sozusagen die Endlösung musste zum Kulminationspunkt gebracht werden dachte er sich dann erst würden sie aus ihrem penetrant stinkenden Schlaf ihrer eigenen Stinkereien aufwachen und erst Jahrelang sich die Augen reiben damit sie wenigstens etwas sehen können.

Kaum hatte er das zu ende gedacht fing der Computer wild zu wackeln an, gab einen Seufzer und sackte in sich zusammen.

Dann flog ein grünes fluoreszierendes Licht wie ein Fußball großer Ball durch den Schornstein ins Wohnzimmer wo der Computer stand und umgarnte den Computer.

Erschrocken aber standfest schaute Dynamit Nobler Preis Bogart zu..

Allmählich wurde der Computer wieder munter wurde aufgebaut und ein strahlendes Lächeln lag über seiner Gehäusekarosserie die Knöpfe funkelten als ob seine Augen gerade frisch mit Sidolin geputzt wurden..

Als er anfing hatte er aber eine andere Sprachtonalität seine Stimme war stark vibrierend neiget etwas zu der hysterischen Seite als ob er beherrscht wurde.,,,,und so war's auch.

Bogart Dynamit erfuhr das der Computer zeitweise internationalen galaktischen Gestanksfreiheitsfanatikern unterworfen war deren Flagge die Krone aus dampfender Kacke war ist und bleibt.

Aber wir sind in friedlicher Mission zu dir gekommen sagten sie zu Bogart.

Wie soll ich das verstehen fragte er zurück.

Nun ja wir haben eure Kacke die ihr hier unten so international macht die ihr für Lebensfördernd hält was ihr so für Verschwendung und für Kaputtmachtendenzen aufgebaut habt der Trend der modische das immer mehr Kapital in Militärs und in Giftindustrien geht der Trend zu verheucheln vertuschen und alles runterzuspielen - die Tatsachenvertuschung die dicken geölten Worte der Bundespräsidenten der Kanzler der Minister der Diktatoren der Revolutionäre der selbsternannten Staatspräsidenten die Regierungschefs der Militärs eben sämtliche internationalen Führer die das blühende Land nicht sehen sondern nur noch in Gedanken und Vorstellungen leben was ganz ganz ganz superdickflüssig mit der größten Ehrfurcht des geistigen hochgepompt wird - obwohl jeder sehen kann das dem nicht so ist, der Geist ist eine Erfindung derjenigen die damals den Begriff erfunden hatten damals als die Häuptlinge noch mit Schamanen Unterstützung die restliche Bevölkerung darauf hinwiesen das nur sie eben weil sie die aggressivsten die blutgierigsten Schläger waren sind und bleiben - die Menschen so kaputt machen taten tuten und blasen täten - eben nur sie waren in Verbindung mit dem Geist mittlerweilen hat sich der Geist aber so unsichtbar gemacht das Korruption immer stärker wird um den geheuchelten Geist der ja immer nur vorwärts geht sich nie umschaut - wie so schon von Schlampigen-HochKaratPolitikern vorgefaselt wurde eben nur noch durch Macht kaputtmacht aufrechterhalten werden kann.

Die Kunst des bescheißen ist in Wirklichkeit die einzige Kunst die der Mensch am besten kann.

Der Künstler selber ist so ein Idiot geworden das seine Objekte die in Wirklichkeit seine Farblosigkeit zeigen durch seine manipulativen Gedanken dann ins göttliche Brackwasser gehoben werden sollen und die Meute glaubt den Gedanken mehr als das was sie vor sich sehen. Warum nicht gleich nur Gedanken ohne Objekte.

Aber ich bin kein Freund der Dampfendenkackterroristen dessen musst du dir klar sein, geriet Bogart Nobler Preis in Wallungen.

Hören sie erstmal zu was wir wirklich vorhaben bekam er als Antwort.

Wir haben von unserem Schleimscheißerhäuptling erfahren das sie eine Einzellgängerverbindung zu verstorbenen Geniiies haben-das machte uns auf sie aufmerksam unter anderem fanden wir dann heraus das ihre kristallnen Mundharmonikasongs jene die schon im Reich der Absolutheit lebten und sich endlos glücklich freuten Teile ihrer Lebensenergie wieder abgaben und Scheinkörper extra für sie annahmen um ihnen in ihrer Aufgabe behilflich zu sein nämlich das zu starke Übergewicht der beschränkten StadNeurotischenGesellschaftsMentalität derjenigen die an der Macht waren zu bekämpfen damit die Gesellschaft harmonischer schöner wird.

Das gefiel uns Scheißern. Sehr sogar.

Dann wussten wir das sie eine Spezialeinheit zusammen Mundharmonikasiert hatten die den Akupressurplan verwirklichen sollten.

Sie wollten so die Geheimdienste und dann die militärische Idioten-seuche durch gesundmachende Heilmittelakupressur reinigen und danach sollte es den Regierenden eben so ergehen - zu Regierenden zählten sie auch die Wirtschaftsbosse. Denn die Wirtschaftseigentü-mer bestimmen die Weichkäsepolitiker, die ja sowieso Rückratlos ausschließlich für diese Besitzer Agieren, in dem Wissen „Wenn die Meute uns abwählt haben wir sehr gute Positionen in der Wirtschaft weil wir für sie Gesetze machen die ihnen Steuerfreiheit garantieren und dem bekkkkllllopptenn SuuuuperVolk Blödheit."

Wir wissen das sie die Realität so sehen das Regierung gleich im-mer Wirtschaft und Militär ist diese Dreiheit beantwortet alle Fragen untereinander für sich aus die dann die mittlerweilen innerlich stark gebildeten Massenmenschen einfach zu akzeptieren haben.

Ihre Ziele erfuhren wir, sind von hohem moralischem Wert.

Sie haben die Befreiung der harmonischen Lebenskräfte aber auch das klarifizieren der wirklichen Situation vor. Nämlich das es ein-fach nicht mehr geht unzeitgemäß und menschenunwürdig ist diese Art der Menschenführung weiter zu führen - Regierungen und ihre Verbündeten insbesondere deswegen weil sie keine echten tiefen Lehren oder philosophischen transzendentalen Werte mehr erleben erfahren oder verstehen können sondern immer nur von der Linie des Geldes getrieben sind. Sie sind somit starke negative belasten-de Kräfte die aus gesunden jungen Menschen elendige Wracks der Manipulation und des geldgierigen erschaffen - das letztendlich im sinnlosen endetet. Und daraus werden ganz einfach Menschen die zu Spielern werden. Und wir wissen was Spielhöllen -und derglei-chen für Kalieber zum Vorschein bringt.

Das sagten sie zu sich, und uns gefiel ihre Bereitschaft aus den Kind-heitserlebnissen hinein in die Erwachsenenwelt ihre Erkenntnisse zu verarbeiten die gegen das eben erwähnte forciert sind...

Nun aber machten sie sehr starke strategische Fehler.

Da nun alle Kirchen und deren Vertreter eliminiert wurden gibt es keinen Platz mehr wo im Glotzlicht der Gemeinde jeder zeigen kann wie sehr er doch die Telefonverbindung zu Gott hat.

Die Menschen sind nun zum ersten Mal frei - und haben Angst.

Inzwischen ist der Reichtum der Kirchen auch von staatlicher Seite mit Rechtfertigungsgesetzten abkassiert worden.

Das war abzusehen. Die Dreiergruppe sahnt eben alles für sich ab. Natürlich immer mit der Verschleierung alles für die Gesellschaft für die Verbesserung des Allgemeinguten des menschenwürdigen zu tun.

Der strategische Fehler war der, das sie mit alten Helden versuchten Massen Eliminierungen durchzuführen.

Verstehen sie..

Nein, was ist nicht funktionabel an der Sachen. Unser Computer war schon bereit Miniaturtornados zu entwerfen die so klein unsichtbar überall eine Düsenmaschine nach der anderen abschießen, abscheißen, konnte - um mal in ihrer Sprache zu reden, antwortet Bogart Dynamit Nobler Preis.

Nun, gut, Bogart Dynamit Nobler Preis, hier ist die Antwort, sie dürfen gar nicht in dieser Situation erscheinen, es muss als eine intergalaktische Situation aussehen - verstehen sie -außerirdische Mächte und so - als ob die nicht zur Welt gehörten in der die Erde ein Bestandteil ist - aber die Mensch sind nun mal so engphantasieren so unflexibel jedenfalls wir machen ihnen den Vorschlag die Drecksarbeit für sie auf unsere Art und Weise zu erledigen.

Und was verlangen sie dafür fragte Bogart neugierig.

Wir wollen ihre Kristallmundharmonika.

Ohhhh, die muss aber wertvoll sein, stöhnte Bogart.

Das ist sie auch, wir wissen das die Geniiies sie ihnen brachten, und wir brauchen deren Fähigkeit--denn wir stinken zu sehr nach Käse und keine Weisheit unserer Kreatur hatte es geschafft das zu eliminieren.

Als Bogart auf einmal so genau zuhörte fiel ihm etwas wie Sternschuppen so schnell noch schneller flitzend durch die Gehirnwindungen. Ihm war so als ob er gar nicht zugehört hätte sondern irgendwo anders am zuhören gewesen war. Und jetzt war ihm die Illusion der Idealismus auf einmal ganz klar geworden. Er wusste auf einmal das auch wenn er nun all das was allgemein menschlich global als Vernichtungswürdig erschienen wäre Eliminierungsweise sozusagen, das den Menschen angeblich eine größere Freiheit geben würde, das was sie am meisten hassten die Lasten die man ihnen aufbürgerte die hohen Steuern wo der Volkswohlstand zu Gunsten der Regierenden verschleudert wird in Kriegsmaterialien falschen Prestigeprojekten horrenden Kalkulationen Milliardenbauten der ganze

Schrott der da aus dem Reichtum des erarbeiteten erwirtschaftet wurde - wenn er die Regierenden eliminieren würde die unverantwortlichen Wirtschaftskonzerne die Geheimagenten die Militärs die Polizei - dann würde gar nicht das Paradies auf Erden sein – nein
Nämlich dann würden die Ganoven die Gängster die Mafiosis die Schläger die Mörder die Einbrecher die Frauenmörder die OmaUmbringer die Vergewaltiger das würde alles noch in viel stärkerem Maße zum Vorschein kommen.
Seufzend erkannte er die Situation der Menschen.
Er war Idealist die andern waren einfache leb und sterbe Körper.
Ja, Ja, so ist es , bekam er nun auch noch vom käsestinkenden Computer zu hören.
Bogart war etwas entrüstet über diese Art von innerer Erkenntnis. Das gefiel ihm nicht. Außerdem, sie braucht ja nicht Recht zu haben. Trotzdem konnte er nicht umhin ihr zu zustimmen.
Er ging wieder an seinen Schrank nahm die Flasche raus und goss sich und dem Käsecomputer einen richtigen Brombeersaft ein. Der Computer trank mit Strohalm.
Danach nahm er die kristallne Mundharmonika, schaute sie an, lehnte sich in den Sessel, und fing an einfach eine schöne Melodie zu spielen. Seine Träume die er für die einzig richtigen gehalten hatte waren zerflossen. Er brauchte nun wieder seine wahre innere Stärke ohne viel äußeren Glanz und ohne viel Prunk um die Menschen anzuziehen. Er wollte nur mit sich sein allein und klar sehen was eigentlich in ihm passierte.
Was war es schon Geniiie zu sein.
Das war meistens nur mehr Grund von anderen ausgenutzt zu werden benutzt zu werden.
Und so spielte er sich einen wunderschönen langsamen gefühlvollen Blühwiesenblues.
Währenddessen fing der Computer an zu weinen. Er weinte die Tränen des Wissens um die wahre Situation der Menschen.
In den Industriegesellschaften war sie in Quicksandmentalitäten ausgeartet. Quick & und sandig. Doch da wiederum passiert mit ihm ein Wunder. Der Käsegestank wurde weggeträht. Das Zimmer wurde ein lebenswürdiger Raum. Und schallendes Gelächter erklang.
Ja der Computer fing nun an zu tanzen und rief in seiner Sprache seine Freunde. Die kamen dann auch. Aber Dynamit spielte noch

sehr versunken auf seiner Harmonika.

Langsam gleiteten die Gestalten der Lichter aus ihrem Stern Schiff das gar kein Sternschiff sein kann denn Sterne sind Sonnen und Sonnen sind etwas zu heiß dafür. Wenn schon dann Planetenschiffe. Jedenfalls sie glitten als Leuchtkügelchen langsam zum Boden rollen dort durch das hohe Gras das schön glitzerte und kamen so in das Zimmer. Da standen sie dann kugelrund und stumm.

Dann wurden auf einmal die Wände des Hausen glasig sie wurden durchsichtig. Alle Möbel wurden zu Wolken. Der Nebel draußen wurde zu riesigen Rosengewächsen in denen die schönsten Vögel lebten. Das Rosengewächs wuchs bis zum Starship hoch.

Eine immense Glücklichkeit umgab nun diese ganze Szene.

Dynamit hörte auf zu spielen.

Seine Ohren waren wieder normal geworden und auch seine Augen hatten nicht mehr den Linksturn.

Selbst die intergalaktischen Wesen sahen ein das sie selbst nur ihre Selbstinteressen vertraten und sie nun verloren hatten denn die Mundharmonika war wieder eine ganz einfache Hohner geworden in E Stimmung.

Das Geniiie war endgültig eine Massenware geworden.

Dann veränderten sich die Lichter der intergalaktischen Käsetypen.

Sie bekamen Formen und wurden auf einmal etwas bizarre Menschenköpfe mit Saurierpfötchen. Schlangenleiber mit Ameisenköpchen doch dann veränderte sich das Bild auch wieder und eine dämonische Schönheit nach der anderen zeigte sich.

Wer seit ihr fragte Dynamit Nobler Preis Bogart.

Wir sind die Turbotornado Käsedämonen. Unsere Namen sind Bgeg Gnod Dgu und Klu - unser Chef im Computer heißt Pflaster.

Pflasterstein Entschuldigung.

Kommt lasst uns einen Saufen rief Bogart ganz schnell um sicher zu gehen dass das auch wirklich war .

Saufen tun doch nur Kühe du Affe sagte Klu dann.

Bogart stutzte - ich meinte ja auch lasst uns feiern.

Komm nehm was von unserem wurde ihm dann entgegengesetzt.

Man hielt ihm ein Fläschchen in Streichholzgröße entgegen.

Jeder trank, auch der Computerkäseschmirgel.

Alle intergalaktischen Typen wurden dunkelblau und fingen an zu pfeifen sicherlich eine Art von Wüstenwind wenn die Sonne aufgeht.

Doch bei Bogart passierte etwas ganz anderes er veränderte seine Form. Er bekam ganz lange Haare zebragefärbt. Langen Bart fast bis zum Boden aber sein Gesicht wurde fast babyartig.

Ich bin Doktor Tod sagte er auf einmal ganz laut.

Ja das bist du riefen die anderen.

Ja ich bin Doktor Tod freute sich nun Doktor Tod. Er war der Tod selber. Ha ich bin der Tod selber und dann noch ein Doktor Tod freute er sich. So ist das also. Man ist der Tod selber ahhhhha, deswegen brauchen die Menschen auch keine Angst vor dem sterben zu haben weil sie der Tod selber sind.

Als erstes spuckte Doktor Tod mal auf den Fußhoden um zu sehen ob er reine Ätze war. Aber leider fingen zu seinem erstaunen Rosen dort an zu wachsen.

Das brachte ihn auf eine Idee die er sich anschaute.

Die intergalaktischen wurden aber immer wilder und verlangten nach Frauen..

Ok, ok, besänftigte er seine Kumpanen, ruft Radio Gong an. Die werden schon SOS Signale über München ausstrahlen, wir brauchen Frauen, die Musikerinnen sind.

Auch das lässt sich machen meinte Doktor Tod sichtlich erfreut in seiner neuen Person.

Die Intergalakter wurden richtig gemütlich.

Doktor Tod ging dann zu seinem Geigenkasten und holte die Les Paul Gitarre raus.

Er legte einige Stromriffs auf die Saiten die siegessicher sofort anfingen zu glühen.

Aha staunten die Intergalakter Dgu – Gnod – Klu – Bgeg - und Kopfsteinpflaster.

All along the watschtower, waren dann seine Griffe.

Und sofort verwandelte sich doch der Dgus in Jimmy Hendrix. Das gefiel Doktor Tod sehr denn Musik war seine höchste Sache der ,,,

Die Frauen kamen durch Radio Gong angefordert. Richtige Schrullen aber das war egal. Ihnen wurde ein Streichholzdrink angeboten und auch sie wurden reinste Duftkörper…Aber dazu auch noch durchsichtig.

Sofort wurde von den Intergalaktern erzählt dass sie vorhatten ein großes Fest zu gestalten. Das wurde dann beraten.

Es war Sonntag.
Sonntag war es.
War Sonntag es.
Sonntag war es.
Ok, das ist eine schöne Idee meinte jeder.
Und so bauten sie nun ihren Weg zur Heiligkeit auf.
Intergalaktische Fähigkeit war natürlich mit im Spiel.
Sie hatten ein riesigen Gefährt das automatisch eine große Bühne zum Vorschein bringen konnte.
Ihre Show würde die Show der Heiligsprechung sein.
Es geht darum das Gefüge der beschissenen kirchlichen Heiligen die immer vom politischenpapstgefaselbetäubt wurden zu unterminieren - und das heiligen Leben harmonischer zu machen. Es war doch klar ersichtlich dass das Heiligsprechen eine totale Unharmonisierung der Menschen zum Vorschein brachte. Immer nur die toten Hosen Heilig sprechen Halbleichen und Bettelmönche. Was ist mit den anderem Menschen sind die nicht Heilig. Und sowieso was soll der Quatsch das besondere am Heilig sein ist doch nur das der tote Papst sagt die alte Schleuder oder der Schinderhannes der hat unserer Kirche viel Ansehen, Knete und Unterstützung gebracht. Den Typen sprechen wir ganz und Heilig. Unsere belämmerten Schafe glauben uns das schon weil die doch sowieso fast immer den Kopf nach unten tragen.
So einfach ist das ganze Getue.
Inzwischen war's aber auch schon schöner Herbst geworden.
Die Bäume blühten in fantastischen Farben der Braun und Gelb und Rot Tönungen.
Mit dem Herbst kam der Wind der alles alte Kaputte vom Stamm blies. Dem Wind war's egal ob er Blätter Blumen Autos oder Tiere, Menschen oder Meere in Stücke blies. Er war dazu da um das schwache und das was in der kosmischen Zeit nicht leben konnte wegzupusten.
So waren also die Taten der Heiligsprechung mit starken Stürmen verbunden wo die Lüfte voller bunter Blätter waren ab und zu ein Auto weggepustet wurde aber auch eine greise Oma ganz einfach so ins erweiterte ewige Leben getragen wurde.
Doktor Tod freute sich darüber besonders.
Er wusste das seine Gruppe sich nicht durch Hebst Winter Atmos-

phäre gefühlsmäßig einschüchtern ließ. Sie würde des Wegen erst recht richtig loslegen, denn nur wenn man der Schwäche stark entgegentritt gegen das Schiiiienbein zbs. erst dann wird man frei und agil leichtfüßig und freundlich und das wusste Doktor Tod.

Sie hatten ihren Heiligsprechungswagen nun auf der Maximilianstrasse aufgebaut und spähten alle wachsam wie ein Falke und wacher als ein Uhu in die Masse der Menschen um Heilige zu finden.

Als sie inmitten der wirbelnden Blätter keine fanden die die anatomischen Formen eines Heiligen hatten - lange Nase gebrechlicher Rücken ebenso gebrechliche Stimmung und vor allem der ewige lächelnde Haarschopf, sagten sie sich ,das diese Menschen hier viel gesünder aussehen als die Heiligen die die Päpste damals ausgesucht hatten. Sie müssten es also mit Superheiligen Turboheiligen zu tun haben.

Die Maximilliillianstrasse erwies sich dann als das Heilige gut hin - überall wimmelte es von TurboGeilenHeiligen - Männer oder Frauen. Das war ihnen auf einmal klar.

Trotzdem gingen sie dort in eine Boutique. Nahmen die Verkäuferin heraus die sich das sofort gefallen ließ, brachten sie auf die wunderschöne Bühne ihres Reisemobils und fingen eine TurboheiliegSprechung eine Öffentliche an. So entstand dann die Heiligsprechung der Schuhverkäufer der Werkzeugmacher des Tankstellenpersonal der Strassenheinis der Friseusinnen der Obstverkäufer und vieler Menschen mehr. Denn schließlich waren ja alle Mensch letztendlich aus der gleichen Quelle geschaffen wie sämtliche anderen Formen der Existenz sei es nun Bäume Wasser oder Blumen.

Mittlerweilen da sie nun an der Öffentlichkeit arbeiten wurden die Behörden die ja, ungelogen, nun wirklich selbstlos freundlich und zuvorkommend immer das beste für die Mitmenschen wollen, auf die Heiligsprechung der Truppe aufmerksam geworden.

Sofort kreisten verbesserte Tornadogeschwader über dem Reisemobil, Sirenen heulten und riesige Mengen an Tonstärke wurde verwendet sich ruhig zu verhalten flach auf die Strasse zu legen bis die Fallschirmtruppe gelandet ist.

Mitten im Trubel des Herbstwindes der fallenden bunten Blätter stürzten sich dann mit Masken bekleidete Fallschirmjäger die aber sehr fettleibig aussahen aus den mit Überschall fliegenden Tornados und landeten auf der Strasse.

Ohne ihre grimmigen Masken abzunehmen - die MG - hochhaltend forderten sie nun Bogarts Truppe auf sich ruhig zu verhalten, da es nur eine Routineuntersuchung sei.

Worum geht's hier in dieser Heiligsprechung fragte der größte dickste und wildeste Fallschirmjäger.

Einer der ehemaligen Käsedämonen erhob sich zeigte zum Himmel und kam zu einem Lächeln das sehr schmeichelnd war.

Der Frager schaute und sprach sehr leise mit einem anderen Fallschirmjäger.

Auf einmal wurde eine Salve in die Luft gefeuert.

Erschrocken wich die Zuschauermenge zurück. Zum Glück denn edlige Schwäne Graugämse und Kanadagänse sowie Enten fielen surrend direkt vor ihnen zum Boden. Die Fallschirmjäger gaben der Situation keine Aufmerksamkeit.

Haben sie eine wirtschaftliche Lizenz eine staatliche Erlaubnis Menschen Heilig zu sprechen. Sie wissen doch das so was Geld kostet fragte der Häuptling wieder.

Ein anderer Käsedämon kicherte.

Dann stand Bogart Doktor Tod langsam auf, schaute die Fallschirmjäger die grimmigen an, und sagte: Regieren scheint offizielle Berechtigung zur allmählich aufbauenden Kriegsführung zu sein. Internationale sogar. Damit ist nicht nur die deutsche gemeint. Regieren schein auch offizielle Berechtigung riesige betrügerische Wahrheiten strategisch zu versteckten Wirkungen zu bringen zu sein.

Man konnte nun sehen dass unter den Masken eine Maske nach der anderen weg fiel - die wurden etwas blasser als Hellweiß.

Aber da sie ihre Masken an hatten sich dessen bewusst waren vertrauten sie darauf und das gab ihnen Selbstbewusstsein und so fuchtelten sie mit ihren Maschinenpistolen machten aggressive Laute wie zwei ängstliche Schwertkämpfer in Kurosawas Filmen die dabei sind sich durch Gestik Angst und Mut zugleich einzuflößen.

Die Meute stieb noch weiter zurück. Die heilige.

Doch Doktor Tods Team bleib davon unbeeindruckt.

Was die Regierung für richtig hält muss getaaaan werden in der Regierung sind die besten die ein Land zum Vorschein bring ihre Entscheidungen sind göttlich somit Absolut und müssen demütig hingenommen werden im Übrigen ist Demokratie nur eine Verzögerungstaktik um die Massen länger kaltzustellen. Damit wir, die göttlichen, regierenden, genügend Zeit haben um das primitive Volk die Masse besser im Griff zu haben.

Das ist internationale göttliche Vorhersage die nur den Weisen der Regierenden als Wissen zukommt und seit Entstehung der Menschheit in Geheimschriften geheim gehalten wurde.

Sie können so was nie verstehen sie Lump.

Aha – göttlich - grinnnste Doktor Tod.

Ich bin Doktor Tod redete er dann wieder. Nun gut wenn dem so ist ich bin nicht gegen das göttliche bloß müsste sein Wissen dann auch dementsprechend sein. Aber hier in den Gesellschaften der Erde sieht es doch eher so aus das Spezialisierung sämtliches davor gekanntes Grundwissen die Weite und die Tiefe die Breite und die Höhe der Erkenntnisse des Lebens und der Wahrheiten durch Spitzfindigkeiten ersetzt werden soll. 1,2 % Gehaltserhöhungen. Ja sogar Lohnkürzungen mutet ihr euren schuftenden Untertanen zu.

Der Schwachsinn der politischen Raffgier - die atomaren Entscheidungen die aus Schnelligkeit Milliarden verschwenden anstatt in Ruhe zu warten zu überlegen man kann doch sehen wie die regierenden Mentalitäten im direkten Sog der Ereignisse sind. Klarköpfigkeit ist durch Rhetorik ersetzt worden. Die so genannten Massenmenschen wissen das, sie kennen sich in Rhetorik aus. Sie durchschauen die Dünnschissredereien sämtlicher Irrwitz der militärischen Vitaminspritzen die nur mir dem Doktor Tod helfen aber das Leben in Wirklichkeit vernichten - sämtliche Menschenunwürdigen Schwächen die die Politisch wirtschaftliche Szene vorlebt - sollen wir dem denn öffentliches Bürgerrecht zusprechen. Diesen Abfall als nachahmenswert zum Vorbild hochhalten für unsere Kinder der Erde der Völker .

Nein.

Riefen die anderen Turbokäsedämonen.

Die Fallschirmjäger schreckten etwas zurück.

Weg vom Polischissmus rief Doktor Tod.

Die Fallschirmjäger griffen fester um ihre Maschinenpistolen ruhe, ruhe seit still ihr Volksverführer riefen die Fallschirmjäger alle zur gleichen Zeit zusammen.

Ist es nicht wahr und wunderschön meinte der Sprecher der Regierung wieder dass wir jeden Monat eine Massenversammlung veranstalten mit Freibier und Freiluft und Freikultur - und da diese Staatszeremonie seinesgleichen nicht in der Welt hat darauf können wir stolz sein so andersartig zu sein.

Könnt ihr euch denn nicht an unsere freundschaftlichen Absichten gewöhnen wir wollen doch nur das Beste für jeden.

Diese Staatszeremonier sind doch auch wenn nun wieder Mensch geopfert werden und Tiere denen beide vorher die Beine gebrochen wurden bevor sie getötet wurden und ihnen danach die Eingeweide herausgerissen werden, nur um symbolisch zu zeigen was mit denen passiert die andere Gedanken Vorstellungen und Taten in ihren Wohnungen hegen als sie von der alles gütigen Regierung aufmanipuliert wurden. Könnt ihr euch denn nicht mehr an Maschkiismus und Sadokissmus erfreuen. Was ist los mit euch ihr wart doch sonst immer fürn Blutbad zu haben euch gefiel doch sonst immer öffentliches Hängen Zerstörung von anders denkenden öffentliche Erschießungen von Regiemgegnern - was ist bloß aus euch geworden. Schluchzend brach der Fallschirmsprecher zusammen.Wütend trommelte er auf den Straßeboden wild werdend und dann schließlich giftig schreien - ich will wieder Menschen um mich haben die Blutbäder wollen ich will wieder Kaputtmacher haben die Stalingrad flach hauen die Paris zermalmen Ich will wieder Patrioten haben die und glauben ich will nicht mit Menschen leben die andere Interessen haben die möglicherweise friedliche unganovenartige Lebensformen entwickeln könnten - das müssen wir verhindern.

Dann riss er sich die Maske von Gesicht und die andern auch und siehe da eine sehr sehr große Überraschung wurde ans Licht gebracht. Was meint ihr wer das war.

Es war doch tatsächliche die Elitetruppe der Regierung nämlich die Regierenden selber.

Ein Raunen ging durch die Massen.

Erschrocken blickten sie drein immer noch etwas ängstlich denn schließlich waren das Minister und Kanzler das waren innerlich immer noch Menschen für sie die sie mit einer Achtung betrachteten. Die in ihrem Bewusstsein nie lügen würden nie Korruptionen machten die immer das beste für sie tun würden sie litten noch unter der alten tierischen Einsicht das der Kanzler wirklich der stärkste der gefährlichste ist das er den dicksten Knüppel aufheben würde grunzend hinter ihnen hergelaufen käme und zähnefletschend den abgebrochenen Ast auf sie schlagen würde - der Gorilla Einschlag war bei ihnen noch nicht völlig verschwunden.

Seht seht frönte Doktor Tod.

Wenn das nicht Zeit für meine kristallne Mundharmonika wäre - der alles belebende Song vom Tod.

Die Turbokäsedämonen fletschen ihre Hartkäsezähne die sehr gelb aussahen.

Die Radio Gong - Girls wippten hullahulla ähnlich ihre Hüften doch souverän wie Doktor Tod nun mal war und wie es die politische Hierarchie nun mal vorgaukelt schlug er dann vor doch die ganze Angelegenheit bei einem guten Essen und Gläschen zu behandeln.

Sofort bekamen die Fallschirmspringer rote Wangen Pausbäckchen und Glitzeraugen.

Ok, man, its a deal, aber keine krummen Fisematenten. Sonst kracht's gewaltig meinten sie simultan.

Doktor Tod hatte für diese Spezialbehandlungen immer etwas Besonderes auf Lager. Er redete zu den restlichen Turbodämonen und die wussten auch sofort was zu tun war.

Zonk.

Schon stand ein brillianter Ferrari bb 512 tripple Turbo ganz ruhig auf der Strasse. Dieser Ferrari hatte 740 PS und brachte 390 auf die Schlappen auch mehr, bloß das hatte sich bis jetzt noch keiner in der Stadt getraut zu fahren.

Ok, Scheff, steig ein rief Doktor Tod dem Kanzler zu.

Der Kanzler der früher mit Teddybären gespielt hatte.

Der sich aber als der Kanzler als Baby schon anfing mit Computern zu spielen erhängt hatte, stieg sofort ein.

Ach ja wir fahren in den Politwirtschaftsschuppen der Sportprominenz ins Tantris rief Doktor Tod Dynamit Nobler Preis noch und weg war er auch schon.

Er schaltete sofort den dritten Gang rein und Bleifußte den Wagen bis auf 230 was in lahmen 7 Sekunden passierte.

Wild zick zackend schoss der Wagen durch die Strassen ungeheuerlich waren die rasanten Verkehrsverstöße die jeweils für mehrere Jahre Führerscheinentzug und Irrenanstalt bei Nazimentalitäten im modernen Look gebracht hätte.

Die Polente war aber machtlos der Wagen war zu schnell so das gar nicht erkannt werden konnte wer was da überhaupt los war. Einige

Omas verloren ihre diamantenen Gebisse, die dann auf der Strasse lagen und glänzten.

Andere Passanten schmissen sich sofort auf den Boden denn es hörte sich so an als ob eine Kamikaze Stukkabomber vorbei käme.

Dem Falschirmkanzler ging das Herz auf er wollte schon immer in allem der größte sein und hier konnte er der größte Beifahrer sein bei der größten Rasefahrt die je in München zum Tantris gefahren wurde.

Kurz vor dem einbiegen auf die Leopold Strasse kam ein Riesenlaster um die Ecke - alles sah schlimm aus aber dafür gab's ja die Gecks die man schon in zurück in die Zukunft dafür entwickelt hatte Knöpfchen und Köpfchen und schon zoooooom zog der Wagen an in die Lüfte und landete wie Frau Holles Federbetten sachte vor dem erotischen Lokal de Tantriker.

Der Kanzler war sichtlich erfreut wie er ja immer lächelt wenn ihm neue technische Errungenschaften auf Messen und in Krankenhäusern vorgeführt werden.

Kurz darauf brauste auch der Rest der Fallschirmtruppe und der Turbokäsedämonen an.

Als die Gruppe dann ins Restaurant ging gab's gleich Turbo.

Tut mir Leid sagte der Oberkellner bei uns ist drei Jahre im Voraus ausgebucht. Ich möchte doch ganz schlicht auf ihre Bildung hinweisen flüsterte er dann noch.

Da wurde Doktor Tod brutal.

Er zerrte den Fallschirmkanzler nach vorne und sagte „kennen sie diese Gesicht".

Der Oberkellner lächelte und grabschte dem Kanzler ans Gesicht,mit der Maske können sie bei und nicht rein das haben vor ihnen schon andere versucht.

Doch der Kanzler schrie auf und trat dem Kellner in die Nüsse.

Dann kam Eckart Witzigfrau der Scheffkoch.

Er sah und wusste was da los war. Kurzentschlossen wurde viel geflüstert doch die Turbokäsedämonen waren schon bei der Arbeit – zack -Beckenbauer musste gehen - zack Flick musste gehen Rummenigge musste Platz machen. Breitner auch. Auch der Krebs Löwe Heckenthal musste gehen und einige andere Prominenz.

Dann wurde aufgetafelt.

Die Tafel war so aufgeteilt worden das ein langer Tisch entstand an dem sich die Parteien gegenüber saßen.

Man fing mit dezent gekühltem Champagner an.

Einige der Turbokäsedämonen schlürften verdächtig das war gegen die eklige Etikette und störte die politische Fallschirmideologie.

Also, was ist los mit euch, fragte Doktor Tod Dynamit Nobler Preis sofort da er den Kontakt mit den Politfallschirmjägern nicht aus den Augen gelassen hatte.

Was habt ihr gegen Heilige die andere Heilige sind.

Heilige kann nur die Kirche und der Staat aussprechen antwortete der Sozialminister.

Dann sind Heilige ja Geschäftstypen rief Turbokäse.

Widersprechen sie mir nicht ich bin schließlich der Minister war die Antwort.

Dann wurde Salat mit Steinpilzen und Pfifferlingen servier gemütlich wurde gegessen.

Die Heiligen der Kirche sind einfach nur jene die in die Schablone der Kirche passen Frömmigkeit im Dienst zum Mitmenschen damit schmückt sich aber nur die Kirche. Sie selber steht da aus Stein und turtelt gar nicht.

Wie soll ich das verstehen fragte keiner.

Also wenn es mit den Heiligen also nur eine Schablone ist; dann sind Rennfahrer die in die Rennfahrerschablone passen oder Angler die in die Anglerschablone passen oder Zahnpastaverkäuferinnen die in die Zahnpastaschablone passen genauso Heilig wie die kirchlichen Heiligen.

Trotzdem wenn nun die gesamte Gesellschaft heilig gesprochen wird erwiderte der Verteidigungsminister dann können wir außerdem keine Kriege mehr führen außer wir nennen sie heilige Kriege denn Heilige sind keine Soldaten.

Genau, so ist es, rief Doktor Tod und bestellte eine Flasche Montrache auf 6 Grad erkühlt mit etwas Peregrini Wasser.

Sehr wohl Sir antwortete der Kellner.

Doktor Tod neigte dann zum Kanzler und fragte weiter indem er eigentlich bestimmte - Da die Heiligensituation also zu unseren allgemeinen Gunsten gesprochen wurde nun zu euch-Die Gurus bezeichnen alles als Spiel - in Amerika wird auch immer alles als Spiel bezeichnet insbesondere wenn die verantwortlichen zu ihren Folgern reden - das ist klar erkenntlich sei es nun Gurüchen Kackwahhhn oder sei es ein Kunstguru oder ein Politikumguru - es wird aber erkannt das eigentlich aber immer diejenigen die dann als Spieler bezeichnet werden immer für die Aufgaben derjenigen benutz werden die alles als Spiel bezeichnen. Sie wollen bloß nicht das die Kinder die ja immer spielen Ernst entwickeln - eine zusätzliche Macht im Menschen die auch Spaß macht - die Gesellschaft immer spielt sie dass stimmt nicht dahinter geht's sehr Ernst vor sich.

Halten sie sich daraus erwiderte der Kanzler rhetorisch denkend.

Doktor Tod trat ihm gegen das Schiiinbein.

Der Kanzler verzog keine Mine ganz im Gegenteil er war dabei den Zündmechanismus raus zu ziehen..

Sie wissen doch gar nicht was gut und was schön ist fing der Minister für innerdeutsche Angelegenheiten schwer zu säuseln.

Doch, sagte Doktor Tod, Zerstörung der meinungsbildenden Expertenuniversitäten, jene die für die Massen die Meinung bilden sollen, im Rahmen eurer Finanzen, die von den Massen kommen, mit denen sie manipuliert werden. Sie denken sich aus was zum Beispiel meine Gongmädchen zu denken haben.

Mit anderen Worten Intelligenz vortäuschen welche aber in Wirklichkeit unfähige Gong Mädchen macht hin bis zum totalen Nekrose High.

Reden sie nicht so viel Schwachsinn rief der Familienminister.

Doch, doch die Entwicklung geht in die Richtung intensiver Blödsinn hin. Oder ist dass ganze größte Atomarsenal etwa nicht sehr, sehr intensiver Selbstmordblödsinn meinte ein anderer der Turbokäsedämonen.

Wer sind sie schon auf sie hört ja sowieso keiner sie haben keinen Einfluss in der Gesellschaft sie bestimmen nicht was im Fernsehen gebracht wird oder Radio - das tun immer noch wir – faselte der schmatzende Propagandaminister.

Nun bleiben wir doch vernünftig meine Herren wischte der Kanzler hinzu.

Vernünftig ,vernünftig das ist wie Gott, Gott da wird nur gelabert und gelabert und trotzdem anders gehandelt sagte wieder einer der Turbokäsedämonen.

Ihr Politiker ihr gehört zu den Menschen die ihre Kraft in beide Richtungen entwickeln wollen. In Gut und in Böse.

Das aber ist Schwäche. Ihr verfehlt dadurch die Möglichkeit zu einem höheren Realitätsbewusstsein. Ihr wollt doch immer Realistensein sagte Doktor Tod.

Sind wir auch, die einzigen, auf der Erde fiel dem Verteidigungsminister zur Verteidigung des Kanzlers ein.

Das ist nur Taktik damit ihr mehr Eisen im Feuer habt um eure Positionen länger aufrecht zu erhalten da es sehr viele Gängster in der Politischenwirtschaft gibt die immer noch daran arbeiten Völker zu eliminieren oder annektieren oder sogar ganze politische Gruppen aufzukaufen wenn sein muss auch Atomkriege zu entfachen. Denn dafür sind die Bomber da. Die sind aggressiv auch wenn sie nur Whiskystehe.

Wie Whiskystehen fragte der Bildungsminister .

Ja mal was anderes als immer rum zu stehen. Wieder einer der Turbokäsedämonen hatte das geantwortet.

Denn wenn auch die Menschen in den Städten ihre Taler in Geschäften ausgeben und die Pelze ihnen aus den Ohren kommen der Urlaub ihnen aber immer zu kurz ist so ist eindeutig klar dass das Killpotenzial gleich mitgeliefert wird als freier Selbstmord für Wohlstand und Demokratiedämagroggy.

Dann kam Eckhart Witzigfrau und brachte dem Kanzler eine Entenbrust ohne Brustwarzen in Rahmsauce aus Kaviar.

Der Kanzler grunzte erfreut und machte Diener.

Kurz darauf wurde auch Doktor Tod vom Scheff bedient.

Zander mit Kruste und Schampagnersauce.

Auch der Doktor grunzte vergnügt.

Was ist mit ihrem Verständnis von Weltvernunft fragte Doktor Tod.

Sie, aha, sie haben bestimmt keines so wie sie aussehen sagte der Kanzler daraufhin.

Meinen sie etwa die interstellare Ordnung der Gestirne ist Chaos meinen sie die Planetenbahnen sind Chaos fragte Doktor Tod.

Ich bin Kanzler ich bin vom blöden Volk geleibt und ich bin Realist. Meine Kabinettsmitglieder sind korrupt sie haben gut funktionierende Wäschereien und mir liegt daran das ich mit meinesgleichen zusammenkommen kann. Ich will mich mit Fachpersönlichkeiten entwickeln haben sie verstanden, antwortet der Kanzler mit dem Mund noch etwas voll.

Ja, ja, genau so ist es, sie sind nur mit Gleichgesinnten zusammen Parteigenossen schmeicheln ihnen die fetten Unterhosen vom Bauch, aber mit Feinden und Freunden da verkehren sie zu wenig ihre Entscheidungen sind eher statistisch bedingt - was wirklich in einer Nation im Inter - nationalgeist der Menschen vor sich geht das wird verkannt so wird eben nichts vernünftiges zustande gebracht, grunzt Doktor Tod, auch den Mund noch voll habend.

Wissen sie es sieht so aus als ob man ihrem Fallschirmkabinett die gesamte Logik Kants - Poppers und Dschuang Dsis, an die Stirne geworfen hat - aber sie blieb doch nur draußen hängen - sie erreichte nicht die verklebten dunklen Gänge in denen die Gedanken Wettlauf üben..

Wer hat das gesagt fragte der Verteidigungsminister, streng.

Ich war's, ich der Guru der Politwirtschaft ich der Meinungsformer derjenige der mehr Buddhafeldenergie hat als Backwahn bei dem trotz seines erleuchteten Buddhafelds tiefste Korruption und Ganoventum genauso herrschen wie in den internationalen käuflichen Politwirtschaftslegionen

Doktor Tod stand auf und schaute zu dem Menschen herüber der in der Ecke saß und nun auch herüberschaute..

Wer sind sie, fragte Doktor Tod erstaunt..

Ich bin derjenige der die Ansprachen für die Festredner schreibt – ich schreib auch die Abrüstungsansprachen sowie die Rede für den Friedens- Nobelpreis oda die beschwörenden Sachen für die Befreiung der Frau vom Mythos Kaulquappe. Ich bin die opportunistische Fantasie vogelfrei und ohne echte Lebensfördernde Einsichten. Bei mir gilt nur der Profit...

Wütend bewegte sich Doktor Tod Dynamit Nobler Preis auf diesen Menschen zu. Aber kaum hatte er sich bewegt war der Mensch weg, unsichtbar.

Der gesamte Raum war erstaunt sogar die Anwesenden in ihm wa-

ren erstaunt.
Sehen sie rief Doktor Tod den Kanzler an - das haben sie nun Verleumdungen kommen schon per Geisterbahn.

Der Kanzler lachte schallend. Ihm war so wieso klar das alle anderen bescheuert waren - und zwar rubbelte jemand denen immer das Gesicht mit Scheuerlappen ein.

Doktor Tod wollte auch zurück zu seinem Haus im Nebel.
Was soll's hier gibt's sowieso nur gepflegte Korruption gepflegte Tischgespräche mit gedämpfter Atmosphäre in welcher Gaunerkomödien erdacht werden und wo ganze Konzerne aufgekauft werden eine einheitliche Meinung für die Öffentlichkeit zu bringen. Um so dezenter sie die teuersten Lokale sich gaben, umso sicherer konnte man sein das in ihnen die schlimmsten gepflegtesten geldgierigsten Menschenkaputtmacher ihr moralisches gütiges Seuchenwesen strategisierten.
Ihm, Nobler Preis Dynamit Doktor Tod, wurde auf einmal Kotzübel in dieser NachNackBarscheckSchaft zu sein.

Sofort bestellte er sich eine gedünstete 250 jährige echte Ginsengwurzel die aus den Kirgisengebiet von Ursala dem Kirgisen im großen wilden Wald gesucht und gefunden wurde.
Mit besonderer Aufmerksamkeit servierte Eckhart Traurigfrau diese Ginseng Wurzel.

Doktor Tod wusste dass es eine sehr, sehr seltene Spezialität war wilde Ginseng zu essen. Der Preis würde bestimmt über 80 Tausend Knollar für diese Wurzel sein. Na und, sagte er sich, und schluckte Stück für Stück gut zerkaut hinunter.

Schon während des Essens passierte es dann schon.
Doktor Tod bekam andere Haare. Sein äußeres veränderte sich. Er wurde von Sekunde zu Sekunde jünger.

Das bemerkten die andern zuerst gar nicht weil sie auch mit dem Essen beschäftigt waren.

Doktor Tod wurde wieder jung auch seine Sicht sein Sehen wurde wieder jung. Er konnte nun die Menschen ansehen und wenn Doktor Tod um vier Jahre jünger wurde, so sah er aber auch seinen Gegenüber um vier Jahre jünger obwohl der nicht jünger wurde.

Innerhalb von einer halben Stunde war Doktor Tod fast wieder so klein wie ein 10 Jähriger Junge damals mit weißsilbrigem Haar und ewigem Lächeln auf dem Gesicht.

Und nun sah er auf einmal wer der Kanzler wirklich vor ihm war. Und auch der Kanzler sah nun auf einmal seine leibhaftige Erinnerung vor sich. Denn vor ihm war das Gesicht das er kannte.

Der Kanzler war Fuzzy.

Schon viele haben sich aus dem Dreck ihrer Mentalität bis zum Dreck des Regierens emporgearbeitet.

Der Kanzler wurde ganz blass als er dieses Kind nun vor sich sah da war kein Doktor Tod mehr. Auch die Turbokäsedämonen waren nun wieder zu interstellaren Lichtkügelchen geworden die mächtig stanken. Das schreckte die Radio Gong Mädchen derartig ab, das sie sofort das Restaurant verließen.

Der Scheffkoch ahnte das schlimmste und versuchte mit Spezialitäten die Gäste wieder zum Schlemmern zu bringen.

Natürlich wussten die anderen Fallschirmpolitiker nicht's von den Veranlagungen ihres Kanzlers. Wie sollen sie auch. Jeder hat Familie ist froh wenn er Abend's die Füße hochheben kann, und seinen Cognac schlürfen darf ohne das die Ehefrau von ihm begattet werden will.

Jeder kam aus einer Familie ging zur Schule Universität machte Parteispektakel mit soff, griff Weibern an den Arsch träumte von den ganz, ganz großen Möglichkeiten eine Nation zu führen - das soll man sich mal vorstellen - sagten sie alle wenn sie ganz alleine auf dem Lokus waren - zu sich - ein System in dem Millionen Menschen durch diesen Aufbau geführt werden. Was für eine primitive Schlappe für jene.

Trotzdem würden sie sofort bereit sein den Eid auf die Bibel zu

schwören denn die ist ja sowieso nur aus Papier.
Keiner traute dem anderen wirklich sie waren alle Gegner zersetzende Fachidioten. Und das war noch ein Lob.

Im nun verwandelte sich der Körper von diesem 10 Jährigen wieder zum Doktor Tod Dynamit Nobler Preis.
Die Anwesenden wussten nicht was sie davon hielten einige schauten ihre Handfläche an um zu sehen oh etwas von diese gesehenen dort lag aber nein - hatten sie geträumt- war halluzinöse Kost gegessen worden.

Vier war das Kind dort dieser Doktor Tod - schon sehr penibler Bursche dachte der Verteidigungsminister. Fand aber nur das was er vor sich sah und seine Möglichkeit zur rhetorischen Manipulation.

Hallo Fuzzy sagte dann Doktor Tod der andauernd zwischen seiner 10 jährigen und jetzigen Figur hin und her schwankte, dann knallte er mit äußerster Rambowucht seine rechte Faust flach auf die fette Stirne des Kanzlers.
Der fiel sofort ganz trocken mit dem Gesicht in den Essteller. Blieb dort so liegen.

Sofort stand der Verteidigungsminister auf und rief: Kompanie, steigt in eure Segelflugzeuge und bombardiert ihn.
Doch keiner bewegte sich.
Den Fallschirmpolitikern wurde auf einmal klar dass sie hier nicht mit Worten siegen konnten. Ihnen wurde auch auf einmal klar das sie hier nicht Sicherheitspersonal und Bodyguards hatten die ihren Body schützen. Sie mussten nun Mann gegen Mann antreten - das wollten sie aber nicht weil sie viel zu Fett zu Eitel waren - ihre Visagen könnten im Fernsehen demoliert aussehen - wie würde das auf die blöde Masse wirken.
Sie gaben klein bei und kuschten sich duckend weiter fressend.
Der Oberkellner brachte ein Flasche französisches Tafelwasser. Er goss sie dann nach verlangen des Doktor Tod's über das Oberhaupt des Kanzlers.
Der wachte dann allmählich auf.
Und er blickte in den Lauf einen Nirostaausführung einer 41.

Magnum Smith und Wesson.

Na Fuzzy,,, grinnste Doktor Tod höllisch. So trifft man sich wieder wa.

Hättest wohl nie im entferntesten Lichtjahr daran gedacht das irgendwann die Taten im Zyklus der Wiederkehr von alle auf einem anderen Niveau - nun auch bei dir an der Stirne kratzt wa... Das „wa" sprach er besonders ordinär aus denn solche Menschen verdienen keine Achtung sie verdienen nur das gleiche was sie selbst getan haben.

Und nun bist du dran. Ha, zuerst dachtest du, du könntest die Heiligsprechung verhindern aber nun sieht man ja das jene die so was verhindern wollen den ganz engen Blick der Massenanbetereien der Gesellschaftskinetik sind.

Zieh die Hose aus, rief Doktor Tod grimmig.

Aber meine Herren wer wird denn gleich die Vorzüge des Oberhaupt einer Nation sehen wollen mischte sich der Innenminister rein.

Hau ihm die Salatbowle in die Fresse rief Doktor Tod.

Zong, flog die Salatbowle auf ihn zu von den Turbokäses geworfen.

Los steig auf den Tisch und zieh die Hose runter befahl Doktor Tod - denn Befehlen war das einzige was Männer und Frauen eines gewissen Kaliebers und einer gewissen Zeitspanne am besten kennen.

Der Kanzler stieg auf den Tisch und stand da mit einem Fettbauch von unten eingesehen.

Los – du - er zeigte auf den Verteidigungsminister los du steig auch auf den Tisch - du kannst im dezenten grauen Anzug bleiben. Der Minister gehorchte.

Zieh ihm die Hose runter befahl er nun.

Befehlen, gehorchen gewohnt von anderen blöden Militärministern zog er dem Kanzler widerstandslos die Hose runter.

Zieh ihm auch die schlabbrige beschissenen Unterhose runter befahl Doktor Tod.

Schnell nahm er noch den großem Rest der Ginseng Wurzel zu sich.

Und nun erzähle Kaaaaannnzlerchen was du damals getan hast.

Der Kanzler erzählte widerstandslos was er damals getan hatte.. .

Alle hörten es im Restaurant.

Empört hob der Verteidigungsminister den Finger und fragte: Kann ich mich Nun von ihm zurückziehen – aus Gewissensgründen sozu-

sagen - denn solch einen würde ich niemals einem „blasen"
Die Menge grinste.

Das brauchen sie auch nicht mehr antwortetet Doktor Tod - er merkte
wie er nun wieder jünger wurde.
Draußen fingen Sirenen an zu heulen in ganz, ganz großem Abgas-
tränen.
Der Kanzler witterte sofort seine Autorität wieder tierisch gefährlich
wie er mit der Mehrheit wirklich ist.
Er furzte ganz laut das wer nämlich für seine Bodyguards ein Zeichen das es mehr als Alarmstufe rotgrün war.

Draußen sprach man über Lautsprecher die übliche Standartphrase
der Polente.
Dann hörte man Warnschüsse.
Auf einmal drang Nebel und helle Blitze in das Restaurant.

Chaos und Gewürge und Getrete und Geschieße folgte nun. Einige
hatten noch gesehen wie mehrere Lichter durch den Nebel davon
sausten.
Auch Doktor Tod war dabei. Die Ginsengwurzel hatte ihn mit seiner
Quelle des ewigen Lebens wieder vereint er war wieder das was er
vor dem zusammentreffen der männlichen Samen und des weibli-
chen Ei's was –Totalität - und die ist aus Kleinheit zusammengesetzt.
Er war wieder sichtbar unsichtbar und flog mit den Turbokäsedämonen zurück zum Haus im Nebel.

Inzwischen waren die Rosengewächse bis in das Weltall gewachsen.

Riesige große Blüten von Drei Meter Durchmesser wuchsen mit Düf-
ten die mehrere Kilometer ganz stark waren. Es war ein fantasti-
scher Duft eine wunderbare Sicht. Aber auch die wunderbarsten Gestalten flogen dort herum. Da waren seine Klassenkameraden von
damals als er 10 war. Sie hatten aber Schmetterlingsflügel konnten
fliegen und sahen alle sehr verklärt und friedlich aus - nicht so wie
die Menschen die noch auf der Suche nach Arbeit sind die von Tag
zu Tag düsterer aussehen. Nein sie sahen aus wie ganz glatte inner-

lich sorglose Schmetterlingsmenschen die immer nur vom feinsten Nektar gelebt hatten. Die sich nie um irgendetwas gekümmert hatten sondern immer nur auf sich selbst vertrauten. Denen war sogar die totale Zerstörung ein Dreck wert sie kümmerten sich auch nicht um Dürre Weltuntergang oder Übergang - sie waren völlig in sich gelagert .

Doch keiner sprach ein Wort.

Schöne Musik erklang. Doktor Tod schaute noch mal in sein Haus die großen KoKoons waren aufgeplatzt - das war also die Metamorphose der Schmetterlingsmenschen.

Doktor Tod war nun kein Doktor Tod mehr er war der Tod.

Er wusste schon immer dass er selber der Tod ist.

Das wusste er auch als Kind als er zu den Firmenbegräbnissen als Repräsentant gesendet wurde. Da kam ihm die Einsicht dass er auch der Tod ist. Und wenn man schon immer Tod ist lässt es sich besonders leicht leben. Da braucht man keine Angst vor dem Sterben zu haben. Da braucht man sich nicht auf Machtkämpfe einlassen die einem nachher durch Machtkämpfe wieder abgenommen werden. Man braucht dann keine Angst vor den Gefühlen der Menschen zu haben ihren Tönen ihren Launen ihren Wutausbrüchen man wird völlig Angstlos.

Man braucht keinen enormen Ego aufbauen der respektiert werden will.

Er wusste schon immer dass er der Tod das Nichts auch war.

Leicht wie der Tod hob er nun seine Arme hoch und schwebte zu den Schmetterlingsmenschen empor. Sie kreisten durch die großen Rosenrankengewächse setzten sich auf eine Rosendorne -und schauten auf das Haus herunter.

Das Leben ist Tod dachte er zu sich. Und doch gibt es Führer die versuchen das Leben belebter zu machen anstatt Einsichtiger.

Ruhiger.

Das war Vorschlaghammerpolitik in allen Bereichen.

Es gibt keine Riesen der Ruhe mehr die die Weisheit hatten Krankheiten zu vermeiden die wirklich auf schlechtes Innenleben Gedanken Hass Abneigung Unruhe und anderen Giften die alle real sind,

zurückzuführen sind.
Hier oben neben dem Rosenblatt duftete es schön so wie der Tod es nun mal gerne hat sogar auf den Gräbern blühen die Blumen andauernd und erstmal der blumenbeschmückte Sarg•

Dann fingen die Turbokäsedämonen unten an den Rosenstielen die bis zu vier Meter im Durchmesser waren zu hacken und zu sägen.
Mit ihrer Spezialsägerei hatten sie die vier Rosenstämme leicht durchschnitten. Diese wiederum fingen nun an sich ganz langsam nach oben zu bewegen. Der Rosenrankenstrauch hob sich senkrecht nach oben ab.
Damals wurde es in den Tagesblättern kurz erwähnt man traute sich nicht so recht davon zu berichten denn auf der Erde brach nun langsam eine schlimme Zeit an.
Mehr Power mehr Korruption mehr Kaputtmache. Mehr Wohlstand bessere Sozialsorge mehr Umweltschutz aber auch bessere Methoden alles kaputt zu machen.
Und während nun die Rosenraumschifffähre ins All glitt
Dreihundertkilometerhoch war - kam die Raumfähre Challenger vorbei geflogen.
Und alle Astronauten winkten da sie ja sowieso irgendwann mal auf Außerirdische treffen müssten und sich darauf eingestellt hatten.

15.11.85
W. Schorat
Schleißheimerstraße 188
8 München 40

11.12.2007
Fertig mit Scannkorrektur des Textes
Bad Zwesten

05.03.10
Verbrecherbanden aus der Wirtschaft zersetzen den „Staat" Schweizerkäseartig, indem sie vortäuschen, die ehemaligen Manager der Industrieunternehmen, für das Wohl der Allgemeinheit zu sein, wenn sie von ihren politischen SS-Vasallen (Satans-Söldner-Vasallen) in Staatssekretäre und andere hohe Beamtenposten gebracht werden, um das ausschließliche Firmeninteresse zu frönen. So wird die Gemeinschaft der Menschheit weiter isoliert und noch besser effizienter ausgebeutet da noch mehr Lügen und Betrugsgesetze gemacht werden können was als Legalitätswahn dasteht, und somit Alternativtechnologien hocheffizient zerschmettert werden können, die Atomlobby die Pharmalobby die Energielobby die Lobby überhaupt zersetzt die Gemeinschaft der Menschheit und es werden immer mehr Ausbeutungen Ausbeutungsgesetze gemacht. Und die Politiker sind die Vasallen dieser Zersetzung des Gemeinschaftswohls hinüber in den Privatbesitz der GeldGierKartelle der GeldgierFamilien weltweit. Die Lüge herrscht. Der Satan herrscht weltweit.
Oleeeeeeeeeeeeeeeeeeeeeeeeeeh.

5.10.2010 Bad Zwesten

MissHandlung MissHandlungen sie bleiben lange im Gewebe des Körpers kleben. Sind dort ReinBrutalisiert ReinManipuliert ReingeMacht Sie Formen deinen Körper deine Bewegungen dein Denken das nicht mehr dein Denken ist deine Bewegungen da sind fremder Menschen Astralkörper in deinem Körpersystem. Da sind sogar fremde Geistwesen in deinem Körper bei den Süchtigen zum beispiel die von hässlichen Astralwesen benutzt werden und sie dann nicht mehr sie selber sind. Und dann Taten machen die sie sich nicht erklären können. ReinSchlagen überträgt den Bösartigen Astralkörper des Schlägers auf den Schwächeren. Selbst wenn du möchtest kannst du nicht verzeihen wenn du damit konfrontierst wirst. Weil es garnicht ums verzeihen geht, aber es geht um Dein, Mein, Wohlbefinden.

Selbst als ich von 1995 bis 1997 eine Ausbildung zum spirituellen Therapeuten machte in Releasing und während der Hellinger Familienaufstellungen zu dem Thema meines Vaters kam und ich aufgefordert wurde meinem Vater zu vergeben, sagte ich ein klares „NJET" ein klares „NO". Ich war nicht bereit dazu. Selbst Gott kann ja angeblich nicht vergeben, wenn beide Kontrahenten sich nicht vergeben haben und etwa nur eine Person vergibt. Naja, da kann ICH gut erkennen, dass das dann auch bloß Strategie ist, Strategie der sogenannten Meister oder Erleuchteten oder Söhne Gottes. Denn das beweist ja das Gott der Andere also GarNichts kann. Und es bloß ein Taschenspieltrick ist der Psychologischen Strategien immer wieder von Gott zu reden. Wenn Gott das nicht kann, dann ist das auch ein unwichtiger Gott. HoHoHo.
Für mich gibt es nur eine Gottheit die Alles kann.
Die bin ich aber auch selber. HoHoHo.
MissHandlung ist der versuch Menschen zu kontrollieren. Und Manipulateure des menschlichen Bewusstseins gibst es MegaViele auf der Erde und in den anderen HöherenWelten oder NiederenWelten die noch unterhalb der physischen Welt im Schwingunsbereich größerer Dichte liegen.
Das Böse das Negative das RaubMenschLeben das ist ja Absolute Tatsache. Das gehört einfach zu diesen Dreidimensionalen Welten von Licht und Dunkelheit.

Ob nun zuerst die Erschaffung der Astralwesenheiten der Üblen Hässlichen und der Teufel in den Höheren Welten passierte in den Köpfen der dort lebenden Menschen oder ob diese Wesenheiten hier auf der Erde in den Köpfen der Menschen und ihren Angstfantasien oder Bösartigkeitsfantasien entstanden sind kann ich nicht definieren oder ob sie sogar zum Schöpfungsplan gehörten. Aber sie sind vorhanden und ein rein verstandesbetonter Mensch ohne Selbsterkenntnis aber mit viel Bücherwissen kann sowas nie nachvollziehen denn er würde sagen: „Das sind alles bloß selbstaufgebaute Abläufe.So wie Dunkelheit die Abwesenheit von Licht ist, diese aber keine wesenhafte Existenz hat, ebenso wie der Teufel und all die anderen von Seiten der Manipulateure in das menschliche Bewusstsein eingepflanzten verstandesmäßigen Verneinungen, die als Wesenheiten erfunden und durch einen Namen personifiziert wurden, um damit die Menschen zu kontrollieren".

Aber Tatsache ist auch in 2010 sind weiterhin diese unsichtbaren Wesenheiten vorhanden.Sowohl die Naturgeister und alle anderen Geister und Wesen die wir mit dem bloßen physischen Sehen „Glücklicherweise" nicht sehen können. Weil das einfach zu viel würde.Und ja auch so geschaffen wurde. Trotz Wissenschaftler und ihrer BlindenWissenschaften.

So Menschen sind sehr oft beherrscht von Geistwesen und deswegen sind ihre üblen Taten Rational oft nicht nachvollziehbar.

Ob es eine Angelegenheit des Glaubens oder Unglaubens ist kann gut möglich sein. Bei Jesus wurden Heilungen bewirkt die er mit den folgenden Worten bezeichnete:Gehe hin, dein Glaube hat dich geheilt. (z.B. Matthäus 9,22, Markus 5,34 oder 10,52 oder Lukas 18,42 und so weiter). Aber es wurde auch geschrieben das selbst Jesus keine Wunder in Nazareth wirken konnte und zwar "wegen ihres Unglaubens". (Matthäus 13,58 und Markus 6,6).

So wenn also die innere Zeit nicht reif ist,kann nicht geheilt werden.

Und warum ist das wohl so?

Ja ganz einfach!

Weil du selber das Göttliche bist.HoHoHoHo.

Und im Juli 1999 schrieb ich meinem leiblichen Vater damals dann nachdem meine Mutter ins Himmelreich ging etwas später den einzigen Brief den ich ihm jemals schrieb. Und dann von „Selbst" war plötzlich die Vergebung erreicht als wir uns dann später ab und an wieder trafen und ich ihm nahelegte nicht so „Abgefuckt" sich töten zu lassen wie sein Frau meine Mutter im Esseren Monsterkrankenhaus von den Routinebetonköpfen der GötzenMediziner die Vasallen der MafiaPharmaindustrien. Der weltweiten Verblödung und Ausbeutung durch TiefschlafKultur und LügenHypnosen der Bevölkerungen. Das saß als ich ihm sagte das man seine Frau praktisch erbarmungslos trotz der Schwäche ihres Körpers beim warten dort in dem MonsterKrankWerdeKrankenhaus als Nummer soundso getötet hatten indem sie selbst meine Einwände nicht hören wollten wo ich den ScheffKriminellen dem Oberarzt sagte das meine Mutter unmöglich diese Operation durchstehen kann sie wird sterben. Weil sie total vom warten im Bett geschwächt war. Das wollte aber keine ÄrzteSau hören. Die waren schon Roboter der roboterisierungen dort. Das waren keine Menschen mehr das waren Maschinen.

Und so starb mein Vater und ging in sein Nirwana und Birwana und Himmelreich ein als er im Sessel saß und friedlich lächelte.

Ahh wunderbar, lasst euch nicht von den Ärzteschaften der Mafia Organisationen Gesundheitswesen verblöden.

Bleibt ihr selber sterbt zuhause.

Also die Vergebung kam von ganz alleine All-Eine. HoHoHo

Montag Juli 99

Guten Tag Walter Schorat

Die Zeit ist reif um dir einiges mitzuteilen. Seit dem ableben der Gertrud Schorat verändert sich die Lebenssituation mit dir. Plötzlich klammerst du dich an deine KINDER die sich aber nicht an dich klammern. Vielleicht hast du dir schonmal die Frage gestellt wieso das so ist.

Mir ist aufgefallen umso mehr ich Kontakt mir dir hatte umso mehr kamen alte Erfahrungen mit dir hoch..50 Jahre lang hast du nicht angerufen. Ich hab das auch nicht vermisst weswegen das werde ich dir nunmal erzählen weswegen auch deine anderen KINDER das nicht vermissen.

Der negative Aspekt von dir ist einfach zu stark. Du bist brutal Egoman, und ignorant.

Das Raubtier das du geblieben bist ist nun bloß stiller geworden weil dein Körper alt und kaputt geht und bald sterben wird. Und du wirst zur Hölle gehen zumindest für eine zeitlang.

Die Verletzungen und den Schaden den du deinen KINDERN angetan hast, hast du gut verdrängt, aber nun ist der Zyklus fast rund und du bist der Schwache und deine KINDER sind die stärkeren. Rein physisch betrachtet. Damit hast du nicht gerechnet als du deine Kinder MissHandelt hast.

Wenn heute deine Kinder sich mit dir nicht treffen wollen ist das deswegen weil du ihnen deine üble Energie eingeschlagen hast. Deine tierische Wut und Jähzorn hat viel in deinen Kindern zerstört und du hast ihnen damals als Winzlinge wo sie sich nicht wehren konnten versucht ihre Lebensfreude zu zerstören, ihren Mut und Freude überhaupt. Das alte Nazischwein der Killer und Psychopath der sich früher oft zeigte hat auch vor deiner ja soooo geliebten Frau nicht halt gemacht, du hast auch deine Frau zerschlagen, sie könnte noch länger Leben. Dein Bruder Werner ist genauso ein Psychopath der hat mich als erstes in Hennstedt so ins Gesicht geschlagen das ich Blut gespuckt hatte, auf meine linke Gesichtsseite. Auch der Werner hat seine Mutter schwer geschlagen. Diese üble Beeinflussung und MissHandlung habt ihr beide wohl von eurem Vater übernommen der euch wohl auch MissHandelt hat. Mir ist eure Unfreiheit schon bekannt denn wer Schwächere MissHandelt der muss bekloppt sein. Mir ist auch bewusst das der Evolutionsprozess vom Raubmenschen zum Menschen durch diese Phasen geht und mein riesengroßer Verstand kann die Zusammenhänge erkennen.

Trotzdem, wurde mir vom Werner sein Gift in mein System eingeschlagen. Erst als ich 23 Jahre war und in Berlin lebte, konnte ich von der üblen Seuche befreit werden,der tiefen üblen Bösartigkeit von deinem Bruder Werner.

Und du hast das gleiche.

Mit dir ist die Zeit noch nicht ganz abgelaufen. Die negative Beeinflussung von dir zu mir und zu deinen anderen Kindern zeigt sich jetzt indem was übergeblieben ist. Früher als wir klein und schwach waren hast du oft gewütet und getobt in deiner ignoranten Art auch heute ist das gleiche Schwein noch in dir drinnn wenn du bloß könn-

test aber die Naturgesetze machen dir ein Strick durch deine diabolischen Gedanken und „Wutvorstellungen", zwangsweise bist du
vernünftiger geworden, weil die Naturgesetze dich dazu zwingen.
Oft mussten wir Kinder uns vor dir verstecken aus Angst wieder geschlagen zu werden.

Diese Ängste förderten Ängste und die mussten durch Brutalität oder
psychische Blokaden in den Köpfen deiner damals kleinen Kinder
kompensiert werden. Das förderte weder ihre schulischen Leistun-
gen noch die Liebe zu anderen Menschen. Immer war ein Zweifel
und Zaudern anderen gegenüber vorhanden. Eben deine Ängste
und Probleme die du auf deine kleine jaaa sooo geliebten Kinder ab-
gewälzt hast. Die Marlies hattest du jahrelang MissHandelt, weil du
idiotisch wie du warst deinen Willen durchsetzen wolltest gegenüber
dem freien Willen eines Kindes, so blöde warst du, und bist du noch
heute, dir braucht man bloß einige Reizwörter vorwerfen und schon
drehst du durch eben wie ein Tier. Marlies war oft tagelang benebelt
und völlig daneben sie lief sogar gegen Masten und Bäume,so durcheinander hast du sie geschlagen und geschimpft das ist eine wahre
Leistung die du da gezeigt hast und sie zeugt wirklich das du sehr
mutig bist als Jäger und Fischer. Ich wurde einmal in der Badestube
von dir als ich im Bad war so stark geschlagen und mit dem Kopf
gegen die Badewanne gedroschen-die gleiche Stelle wo dein Bruder
Werner mich damals in Hennstedt als 4 Oder 5 jähriger ins Gesicht
schlug auch weil ich meine eigene Ansicht hatte so bekloppt war
der auch, du hattest mich so stark geschlagen das ich Todesangst
hatte und ich habe bis vor 4 Jahren immer physische Beschwerden
dadurch gehabt denn du hattest mir eine Gehirnerschütterung mit
allem was damit zusammenhängt geschlagen, das wurde auf einer
Spezialuntersuchung in Bayern erkannt, und dadurch waren meine
Nervenstränge in der Wirbelsäule diese ganzen Jahrzehnte ab und
an verklemmt bei einer besonderen Bewegung man musste meine
Wirbelsäule einrenken und bearbeiten. Aber das schlimmste ist das
du wehrlosen Kindern also als KindesmissHandler heutzutage-da
stände Gefängnis drauf- wehrlose Kleinkinder zusammen geschlagen hast und ihnen deine üble Energie damit in ihre Zellen und
Energiekörper geschlagen hast.

Ich bin als Kind frei und froh zur Welt gekommen, doch du musstest
aus Neid und Eifersucht aus Wut und Unbeherrschtheit den Versuch

machen das zu zerstören. Als Kinder mussten wir uns oft sagen-das Schwein kriegt uns nicht kaputt-nun wäre es ein leichtes abzuwarten bis du in der Wanne sitzt und dir den Schädel gegen die Wanne zu schlagen, aber so was hat keiner vor. Ich kennen deine Begrenztheit deines engen Verstandes und der damit verbundenen Gefangenschaft, du lebst jetzt schon im Gefängnis. Deine dumme Herrschsucht und Beherrschsucht hat auch die Karin kaputtgemacht Karin kam als vegetarisches Wesen auf die Welt, ,als Engel sozusagen, aber auch das musstest du zerstören und hast sie MissHandelt um Fleischfresserin zu werden-Leichenfresser wir du.

Jahrzehntelang schleppte ich deine üblen Energien in mir mit herum,immer darauf bedacht mich davon zu befreien und nicht so zu werden wie du es warst. Es war ein Lernprozess deine ganze Freundlichkeit ist geheuchelt - das Heucheln eines Tieres das bloß freundlich ist wenn seine Instinkte das erkennen können. Jetzt willst du den Schutz haben und suchst dich zu zerstreuen von der Todesnähe und denkst sogar das deine Kinder dir gegenüber eine Verpflichtung hätten. Liebe konnte sich in dem Milieu nicht entwickeln auch deine Frau wollte schon oft weg von dir aber du warst sogar so blöde und spekuliertest auf der ignoranten Einsicht von Abhängigkeiten. Natürlich hast du auch deine guten Seiten aber leider für dich ist die Wildschweinseite doch zu sehr in den Vordergrund geschlagen , damit hast du selber dein Urteil gesprochen, denn jeder verurteilt sich selber durch sein Verhalten und Handeln und es zeigt sich später im Leben wie rein das Gewissen sein kann, deine Ichsucht hat dich nie freigelassen für entspanntes Lernen und Einsichten in das Leben, da du dieses Verhalten deinen Familienmitgliedern gezeigt hast hat sich natürlich weil du unbewusst die Bestrafung erwartest hast ein Misstrauen eingebaut in dein ganzes Wesen und du läufst mit einer Mauer von Ängsten und Blokaden durch die Welt die die Negativität immer verstärken da bei dir fast völlige Verschlossenheit dein Leben war. Du bist du nie zu deinem wahren Wesen gekommen und weiß garnicht wer und was du bist du bist nie über die Identifizierung mit deinem bald verfaulenden Körper gekommen und muss nun selber einsehen dass das nicht weiter gebracht hat-denn da lauert bloß der Tod-das Nichts-Ende. Die Sensibilität und Verletzlichkeit des menschlichen Seins wurde bei dir durch Brutalität und Härte verdrängt. Dadurch konnte keine Schönheit fließen und kein

Vertrauen und alles ander was das menschliche Leben erweitert, du wurdest zu einem berechnenden Krüppel wie alle Berechner berechnenden Krüppel sind,denn die Angst hat ihre Intuition abgetötet und der Seele den Weg verbaut sich im menschlichen Körper bemerkbar zu machen,die unbeschreiblich fein ist.

Die Trauer und Schande die ich innerlich oft durchleben musste in meiner eigenen Klärung in der MissHandlung von dir zu mir hatte mir schon oft die übelsten Fantasien zum Vorschein gebracht und mehrmals habe ich dich mit einem Baseballschläger erschlagen in der Fantasie. Das ist das Resultat deiner Handlungen Walter Schorat.

Deswegen von deinen sogenannten Kindern hast du nix zu erwarten die dulden dich nur bis es vorbei ist.

Mit dir das hast du dir alles selber zuzuschreiben. Wer Kinder schlägt und MissHandelt,seine Frau, oder Mutter wie der Werner der schreibt sein eigenes Urteil. Da brauche ich selber garnichts zu tuen,das geht ganz von Alleine seinen Weg. Wie geschrieben, ich habe verständnis sogar für deine teuflische Situation. Du hast die falsche Entscheidung getroffen aber du bist dir nicht bewusst wieviel Unzufriedenheit du auf deine Kinder übertragen hast. Ich bin froh wenn du endlich abstirbst, ,dann werden nämlich diese diabolischen Energien die du verkörperst endlich von meinem Körper entfernt, so wie die Energien von der Gertrud Schorat auch aus meinem Körper genommen wurden an dem Tag an dem sie ihren Körper verließ.

Man kann auch solch eine Tat und Taten nicht entschuldigen. Was gemacht ist ist nicht mehr rückgängig zu machen, der Fußtritt ist als Form im Boden bis die Zeit ihn unsichtbar macht, sooo, deswegen bin ich nicht sonderlich darann interessiert viel Kontakt mit dir zu haben, das wollte ich dir noch mitteilen bevor du wegstirbst und eine zeitlang in der Hölle sein werden wirst, bist du ein weiteres mal geboren werden wirst und weitere Lernprozesse zu durchleben hast um das Menschsein zu vervollkommnen.

Ich wünsche dir trotz allem eine gute Reise und wenn ich nicht zu deiner Übereste Beerdigung kommen sollte weißt du warum ,außer ich käme um deiner Urne einen Fußtritt zu gebe,hohoho.

so das wars,

Sonnige Grüße Wolfgang

1. deutsche Auflage 2013
TonStrom Verlag
Heinrich-Heine-Straße 17
34596 Bad Zwesten
Tel/Fax (05626)-1414
Herstellung: Books on Demand GmbH
Umschlag: Schorat
Layout : Schorat
© by Wolfgang Schorat

ISBN- 978- 3-932209-11-6

Bisher erschienen oder in Vorbereitung:

Meditative spirituelle Schwangerschaftslösung *Sachbuch* & **Buddhas höchste Lehre** *Sachbuch (nach 2600 Jahren zum ersten Mal ins Deutsche übersetzt)* & **Spirituelle Transformation der** *Industrie Anleitung zur Qualitätssteigerung* . *Mit* **dem Solar- Kanu zur Hudson Bay** *(3000 Kilometer von Saskatchewan zu den Eisbären) Expeditionsbeschreibung* **Kohlenhydrate Eddy** *Verrückte Erzählung.* **Modernes** *amerikanisches* **Management** *In* **München** *Wahre Kriminalerzählung* & *Die blitzartige Erleuchtung* **des Herrn „Z"** *Humorvolle Erzählung* & *Wiedergeburt* **und Erleuchtung des Jungen Werther** *In* **Marrakesch** *Humorvolle Erzählung.* **Reise zur** *Fraueninsel Komische Liebeserzählung* & **Die Realität des** *Geleerten Seltsame Erzählung mit Erfahrung des übernatürlichen Lichts* & **Sigurd** *Lichtlos* **oder die Menschwerdung eines Engels** *Meditative Kriminalerzählung* & **Als Jesus noch blödelte** *Die Witze die Jesus erzählte, der Vatikan jedoch verbot* & **Als** *Ich* **noch Jude war** *Erfahrungserzählung* & **Der Detektiv** *Detektiverzählung auf spirituellem Niveau* & **Salziger Honig** *Liebeserzählung* & **Gott mit Koffer und Handtasche auf der staubigen Landstraße zur bedingungslosen Liebe** *Poetische Erzählung* & **Abschied vom Angeln** *Erzählung* & **Mit Lachsen und Grizzlys am Babine River In** *British* **Columbia** *Erzählung* & **Sogar** *in* **Kanada lebt der Blues der Germanen** *Verrückte wilde Erzählung. Die* **Auflösung** *Tagebuch-Tage* & **Sie nannten Ihn Fuzzy** *Wenn 10-Jährige missbraucht werden, Erzählung* & **Liebe stinkt nicht** *Theaterstück* & **Der Sinn** *des Papalagie Witzige Antworten* & **Ausbildung zum** *spirituellen* **Therapeuten** *Ein persönliches Lehrbuch* & *Die Meisterin Ching Hai Licht und Ton Meditation und mehr* & *Rosa Frühling in Montreal Erotische Erzählung* & *Reise zur Badewanne Holstein das sauberste Land der Erde* & *Psychologie der Meister Das Denken und Sein* & *Demokratie Faschisssmuuus Der Selbstbedienungsladen für Raubmenschen* & *Erleuchtung durch alkoholische Getränke Realität unabhängig von Moral usw.* & *Das Mantra „ Mich selbst erkennen" Selbsterkenntnis* .

Wolfgang Eckhardt Schorat

Heinrich-Heine-Straße 17 . 34596 Bad Zwesten Telefon u. Fax 05626-1414

webseiten von schorat

www.www.ararat-foto-ansichten.de
www.meditative-transformation-der-industrie.de
www.olhos-de-aguas-1974.de
www.nilgans-im-schwalm-eder-kreis.de
www.anleitung-zum-verhalten-in-finanzkrisen.de
www.shizzo-berlin1980.de